그릇을 비우고 나면

많은 것이 그리워졌다

정동현

그릇을 비우고 나면 많은 것이 그리워졌다

수오서재

작은 실마리를 찾고 싶었다

프롤로그

당구장집 아들로 자라 서른 살에 요리사가 됐다. 당구장 생활은 꽤 괜찮았다. 부산 온천장 골목 상가 건물 3층이 우리 당구장이었다. 미닫이문을 열면 뿌연 담배 연기가 시야를 흐렸다. 호흡을 가다듬은 뒤 빨갛고 흰 공이 굴러다니는 당구대를 지나 안쪽으로 들어가면 '내실'이 두 개 있었다. 큰방은 부모님이, 작은방은 나와 동생이 썼다. 낮에는 짜장면을 시켜 먹는 사내들이 담배를 물고 공을 쳤다. 밤이 되면 술을 마신 또 다른 남자들이 소리치며 웃고 화장실을 들락거렸다. 때로는 동생과 내가 자고 있던 내실 문을 벌컥 열기도 했다.

"여기가 아니네. 미안하데이."

멋쩍은 소리를 하며 황급히 문을 닫는 사람들도 있었다. 잠을 자다 깜짝 놀라 깬 적도 있었다. 손님의 95퍼센트는 남자였다. 불량스러운 사람도 있었다. 건물 계단에서 '십 원에 한 대' 대사를 읊는 형들을 마주친 적도 있다. 그러나 나쁘지 않았다. 당구를 빨리 배웠다. 어른들과 시합을 해도 쉽게 지지 않았다. 당구장 특유의 유유자적한 분위기도 편했다. 가장 좋았던 것은 한 달에 한 번 있던 당구장 휴무였다. 매월 셋째 주 화요일(부산 쪽은 이런 식으로 휴무를 잡는다)이 되면 꼭 외식을 했다. 당구장에 살다 보니 가족끼리 식사를 제대로 할 수 없었다. 내실에서 밥을 먹다가도 손님이 오면 누군가 밖에 나가야 했다. 휴일에는 마음 편하게 가족끼리 식사를 하자는 게 아버지 뜻이었다. 문제는 메뉴였다. 동생과 나는 늘 의견이 엇갈렸다. 동생은 오직 고기였다(지금도 그렇다). 나는 고기가 아니라 요리가 먹고 싶었다. 불판 위에서 굽고 마는 게 아니라 시간 속에 쌓은 숙련된 기술로 만든 요리가 궁금했다. 당시 부산에서 먹을 수 있는 요리란 초밥이라 부르던 스시 정도뿐이었다. 스시를 먹고 집에 오면 매번 라면을 끓이거나 치킨을 시켰다. 한 접시 정도 나오는 스시로는 두 형제 배를 채울 수 없었다. 동생은 비싼데 양도 적다고 화를 냈다. 부모님도 "다음엔 다른 데를 가자"고 넌지시 말했다. "맛있었잖아"라고 항변했지만 나 역시 배가 고팠다. 그런데도 하얀 옷을 입은 요리사가 쥐어주던 스시의 맛이 계속 떠올랐다.

스시 요리사가 된 것은 아니었다. 나는 '하이はい' 대신 '위Oui'라고 프랑스말을 외치며 불과 증기가 끓는 주방 구석에 서 있었다. 아마 일본에 갔다면 스시 요리사가 됐을지도 모른다. 그러나 나는 일본 대신 영국에 갔다. 이왕 집을 떠나는 거라면 한국에서 최대한 먼 곳으로 가라는 지인의 말을 실천했던 것뿐이다. 당연히 런던에 있을 거라고 여겼던 요리학교는 런던이 아닌 그 밑 서리주의 워킹에 있었다(한국으로 치면 경기도 용인쯤 된다). 청둥오리가 둥둥 떠다니던 운하 옆 샛길로 자전거를 타고 학교를 다녔다. 나 말고는 모두 원어민이었다. 지금도 알아듣기 힘든 영국식 영어가 배려 없이 난무했다. 게다가 프랑스 요리학교를 갔지만 프랑스 요리는 전혀 몰랐다. 회사를 다니며 모은 돈에 퇴직금까지 모두 털어 영국에 왔지만 날이 갈수록 무식하면 용감하다 싶었다. 무모한 짓이었다. 그만큼 그저 요리가 하고 싶었다.

군대에서 처음 주방에 들어갔다. 사방에 파란 바다뿐인 연평도 해군 시절이었다. 나와 함께 보급 병과를 받은 동기는 스무 명이었다. 그중 '백'이 없던 이는 나와 다른 한 명뿐이었다. 그 동기는 무인도에, 나는 연평도에 발령을 받았다. 보급은 조리와 함께 지원 부서였다. 같은 부서 식구라며 주방에 차출됐다. 그리고 지문이 없어질 때까지 설거지를 했다. 주방에 조리병은 두 명뿐이었다. 인력이 워낙 없었다. 덕분에 나는 얼마 안 돼 칼을 잡았다.

"이것 좀 썰어놔."

이 말을 들으면 웃음을 참을 수 없었다. 하지만 당시 군대는 가죽옷을 입고 채찍질만 하지 않을 뿐 숨겨놓았던 가학적 성향이 만개하는 곳이었다. 특히 이병은 숨 쉬는 것도, 밥 먹는 것도 힘들어야 했다. 티를 내지 않으려 일부러 인상을 썼다. 고개를 숙이고 칼질을 했다. 사각 하고 잘려나가는 파의 반짝이는 단면, 칼을 대면 저절로 벌어지는 고기의 피 내음에 심장이 두근거렸다. 피와 시간이 테크노 비트로 흘렀다. 잠실 주경기장 무대에 서서 긴 머리를 휘날리며 전자 기타를 연주하는 듯한 카타르시스가 느껴졌다. 실제로는 파 정도나 썰고 대부분의 시간은 설거지를 하는 까만 이병 나부랭이였다. 바다를 봐도 하늘을 봐도 막막한 이병이었다. 그래도 칼이 있어 견딜 만한 시간이었다.

대학을 졸업하고 남들처럼 회사에 들어갔다. 매일 야근하고 상사에게 욕도 먹었지만 나쁘지 않은 직장이었다. 꼬박꼬박 월급을 받고 있었다. 반년마다 성과급도 나왔다. 계획이란 걸 세울 수 있는 삶이었다. 예측할 수 있는 삶이 반복될수록 요리가 하고 싶었다. 정해진 궤도대로 삶이 흘러가는 것이 오히려 불안했다. 그러려면 그것을 버리고 혈혈단신, 빈털터리가 되어야 했다. 미지의 세계, 아무것도 정해지지 않은 미래에 몸을 맡겨야 했다.

"야, 좀 먹고 시켜."

친구들과 밥을 먹으면 늘 핀잔을 샀다. 식탐이 아니라 '메뉴탐' 때문이었다. 짜장면과 짬뽕이 있으면 나는 짜장면도 짬뽕도 아닌 두 개 모두 시키는 쪽이었다. 책과 신문을 뒤져 맛집을 돌아다녔다. 한 번 가면 메뉴판을 부실 기세로 음식을 시켰다. 배를 채우는 게 목적이 아니었다. 음식 맛을 느끼고 알게 되는 것이 즐거웠다. 먹으면 먹을수록 요리를 해야겠다는 생각이 굳어졌다. 요리할 줄도 모르면서 음식에 대해 이야기하는 것이 불충분하게 느껴졌다. 악기를 다루지 못해도 듣기 좋은 음악과 그렇지 않은 음악을 구별할 수 있다. 음식도 마찬가지로 혀가 있으면 누구나 맛을 판별할 수 있다. 하지만 악기를 다룰 줄 안다면 조금 더 섬세하게 음악을 들을 수 있을 것이다. 어디서 박자가 흐트러졌는지, 악기의 조율이 잘 맞은 건지, 연주자의 컨디션은 어떤지, 알면 알수록 더 많이 느낄 수 있다. 음식도 마찬가지라고 생각했다. 무엇보다 취미가 아닌 직업으로, 프로로서 일해야만 볼 수 있고 얻을 수 있는 비밀이 있을 것 같았다. 예순 살이 되었을 때 요리를 한 것을 후회할지, 요리를 하지 않은 것을 후회할지 상상했다. 답은 명확했다. 국내외 요리학교를 찾아보다 일단 한국을 떠나기로 했다. 언어가 (겨우) 통하는 영국을 골랐다. 인터넷으로 요리학교를 검색했다. 스물아홉 살 여름에 회사를 그만뒀고 그해 겨울 크리스마스는 영국에서 났다. 요리학교를 졸업하고 일자리를 찾아 호주 멜버른으로 날아갔다. 집도 절도 밥도 없었다. 가진 것은 몸뚱이밖에 없었다.

요리를 시작한 것을 후회한 적은 없다. 하지만 힘들지 않았던 적도 없다. 무던히 영어 욕을 들었다. 불에 데이고 칼에 베였다. 부모도 친구도 없는 이국땅은 외로웠다. 열다섯 시간씩 일을 하고 나면 얼굴에 소금기만 남았다. 한 접시에 몇십 불 하는 요리를 만들며 피자, 햄버거, 참치롤, 아이스크림, 맥주 같은 것으로 연명했다. 휴일이 되면 급여의 반 이상을 쏟아부어 레스토랑에 다녔다. 남이 만든 것을 먹어보지 않으면 요리사로서 발전할 수 없다. 매일, 매시간 나아져야 한다는 강박이 나를 짓눌렀다. 밤이 되면 요리를 늦게 시작했다는 생각에 자괴감, 열등감이 몰려왔다. 서양에서는 보통 열다섯 살에 주방 경력을 시작한다. 나와 비슷한 나이는 보통 주방장급이었다. 밤이 되면 나에게 지적을 하고 욕을 하던 동료들이 떠올랐다. 악몽을 꿨다. 눈을 뜨면 다시 주방이었다. 나도 점점 빨라지고 거칠어졌다. 하나의 인격체가 아니라 도구가 된 듯 움직이기 시작했다.

요리를 할수록 음식을 대하는 태도가 달라졌다. 형편없는 음식을 만나면 기분이 나쁜 정도가 아니라 극도로 화가 났다. 스스로 만든 음식을 맛도 제대로 보지 않은 채 (맛을 봤다면 절대 내놓을 수 없었을 것이다) 손님에게 낸 무신경한 태도, 그 자세에 분노했다. 잘 만든 음식을 만나면 기쁘기보단 무서웠다. 그 음식 하나에 들어간 노력, 수고, 시간을 알기 때문이었다. 값이 문제가 아니었다. 잘 만든 음식에는 그만한 고통과 땀이 들어 있었다. 그 사실을 나는 천천히 알았다.

음식에 대한 글은 차고 넘친다. 누구나 음식 비평가가 될 수 있다. 그만큼 음식에 대한 사람들의 관심이 커졌다. 간단히 말해 먹고살 만해진 것이다. 배를 채우는 것에서 그치지 않고 더 나은 것을 찾으려 한다는 신호다. 먹은 것을 자랑하고 때로는 먹은 것을 혹평하기도 한다. 음식을 그 자체로 사랑하기보다 스스로를 빛내려는 수단으로 여기는 모습이 더 크게 보일 때도 있다. 책에 담고 싶었던 것은 무엇이 맛이 있고 없다는 비평이 아니다. 그보다 음식에 담긴 추억과 삶을 이야기하고 싶었다. 그 한 그릇을 먹기 위해, 만들기 위해 견디고 버텨야 했던 시간을 쓰고 싶었다. 왜 우리가 때로 국수 한 그릇에 눈물을 흘리고 가슴이 북받쳐 오르는지 작은 실마리를 찾고 싶었다. 그리고 이 책은 지나간 시간에 대한 기록이기도 하다. 요리하며 밥을 벌어먹던 시절 나는 이런 메모를 썼다.

> "젊음은 남의 것에 눈을 돌리고 평가하며 쓴소리하는 것이 아니라, 쓴소리를 감수하며 무언가를 만드는 것이다. 다 자란 열매를 보고 값을 매기는 것이 아니라 스스로 열매를 맺는 것이 젊음이다. 무엇 하나 만들지 못하고, 만들려고도 하지 않고, 꽃은 피우지도 못하면서 가시를 뽐내지 말자."

마흔이 얼마 남지 않은 지금 꽃과 열매가 어디 있는지, 있었는지 알 수 없다. 대신 남을 해치고 괴롭히는 가시만 남지 않았는지 걱정이 된다. 그렇지 않다면 다행이다. 그렇지 않다면 지난 모든 것이, 꽤 괜찮았다.

차례

2 나를 일으켜 세운 순간의 맛

3 뜨거우며 짜고 달았던 시간의 맛

1

그리움의 맛

기찻길 위에 펼쳐진 맛,
양념 통닭

"아이고 참, 아침 댓바람부터 이게 뭐고."

십수 년도 훨씬 전 초등학교 시절, 한여름, 우리 네 식구는 토요일 아침 통닭집에서 발을 동동 구르고 있었다. 열차 시간은 시시각각으로 다가오는데 기차 여행의 필수 아이템, 양념 통닭이 미완성이었던 것이다. 부산 영도, 이송도 교차로 언저리에 있던 단골 통닭집 아주머니는 아침부터 우리 가족의 전화를 받고 닭을 튀기느라 정신이 없었다.

빼앗듯 통닭을 받자마자 향한 곳은 부전역. 여느 때 찾던 서울이 아닌 강릉행이었다. 하루에 오직 한 대 다니던 무궁화호에 우리는 가까스로 올랐다. 수평선 푸른 바다가 펼쳐진 동해,

바다가 질릴 때쯤 기차는 산으로 올라가, 보기만 해도 소름이 돋는 시퍼렇게 깊은 계곡을 넘어, 태백산맥의 장엄하고 험한 산을 끼고 돌았다. 절로 탄성이 나오는 풍경이었다.

강릉까지는 장장 여덟 시간이 걸리는 기차 여행길. 밖만 보고 있기에는 조금 긴 시간 같았지만, 우리 가족에게는 비장의 무기가 있었다. 포항을 갓 넘었을 때 팔걸이에 달린 조그만 식탁을 펼치고 드디어 양념 통닭을 개봉했다. 아직 채 식지 않아 온기가 남아 있던 양념 통닭. 이것이 여행의 정수요, 진액 아닌가? 아버지는 미리 준비한 소주와 맥주를 꺼냈고 어머니도 흥이 났던지 아버지 장단에 맞춰 맥주 캔을 홀짝였다.

그 시절 간판도 없던 닭집에서 튀겨준 양념 통닭 양은 또 얼마나 많던지, 네모난 종이 포장지는 마치 씨름 선수 배처럼 불룩해서 고무줄로 몇 번이나 감아야 단단히 고정될 정도였다. 달고 맵고 고소한 고추장 양념, 참깨가 점점이 박혀 있고, 살은 결대로 쫘악 찢어졌으며, 한입 가득 물면 육즙이 뚝뚝 떨어지던 양념 통닭이었다.

동생과 나는 숨도 안 쉬고 하나라도 더 먹겠다며 쩝쩝, 쭈우욱, 캬, 아삭아삭. 식초에 절인 무를 씹고, 닭다리를 뜯고, 아버지는 박력 있게 맥주를 들이켰다. 모자란다 싶으면 지나가는 카트를 붙잡고 프랑크 소시지에 설탕에 절인 밤 통조림을 사서 배를 채우던 기차 안…. 열차 차창 너머로 해가 빨갛게 저물어갈 때, 동해를 지나 강릉에 가까워졌다. 참 푸짐하게 먹고 좋은 것 많이 봤더랬다.

이제 나는 부산이 아니라 서울에 살고, 강릉은 고속버스를 타면 태백산맥 자락을 정통으로 뚫은 터널로 두 시간이 조금 넘게 걸리며, 부산으로는 KTX를 타면 잡지 한 권 채 못 읽을 시간에 짠 내 나는 부산역에 도착한다. 열차에서 뭐 먹을 생각도 하지 않고 그냥 멀뚱멀뚱 앉아 있다 보면 어느새 대전과 대구를 지나 부산인 것이다. 그렇다고 두 시간 남짓 걸리는 곳을 일부러 천천히 가고 싶지는 않으니, 그 옛날 기분을 다시는 느끼지 못할 것인가 하는 걱정이 지레 든다.

나이가 들어 나는 여덟 시간이 아니라 열두 시간, 열두 시간을 넘어 이십사 시간 동안 기차를 타보기도 했다. 인도, 저 크고 넓은 땅 위에 하루가 꼬박 걸리는 기찻길 침대칸에서 모로 잠을 자고, 어리바리 잠에서 깨어나면 인도식 홍차 그 찐득한 차이chai를 한 모금 마신 후 창밖을 바라봤다.

정체불명 과자를 사 먹고 앞에 앉은 이탈리아, 일본, 프랑스의 남자, 여자와 짧은 영어로 손짓, 발짓을 섞어 이야기했다.

다시는 돌아갈 수 없는 그 시절,

다시 그 열차를 탄다 해도 그 맛이 날까?

길고 지루했으나 편안하고 여유로웠으며 때로는 숙연해지기까지 했던 길 위에서 인도란 나라의 거대함과 그 속에 사는 사람들의 다양함, 땅과 사람이 쌓아올린 역사를 온몸으로 느꼈다. 우리나라에서는 겪어보지 못한 웅장함이었다. 크지 않으면 없었을 것이었다.

큰 것이 무조건 좋다고 할 수는 없다. 그러나 자주 나는 우리가 참 작게 살고 있다는 생각을 하게 된다. 좁디좁은 섬, 밑으로는 바다가, 위로는 휴전선이 막고 있는 이 땅은 은유가 아니라 실질적으로 섬이다. 비행기와 배가 아니면 다른 나라로 갈 수 없으니 그것이 섬이 아니고 무엇인가? 때문에 '축소지향'이란 단어는 일본이 아니라 한국에 붙여야 할지도 모른다. 하루 자고 나면 다른 나라인 유럽의, 그곳에 사는 유럽인들의 '국제적'인 감각과 비교할 때, 우리는 참 작게 산다.

바다 건너 외국에 처음 간 그때, 문화 충격에 정신이 얼얼할 정도였다. 이국땅에는 인터넷 액티브엑스 같은 것은 애당초 없었고, 정부가 나서서 특정 인터넷 사이트 접속을 막을 필요도 없었다. 게이 친구들은 떳떳이 연애를 했다. 만약, 저 기찻길이 사방팔방으로 뚫려, 우리가 이렇게 좁은 땅에 살고 있다는 사실을 깨닫는다면 굳이 이 작은 땅덩어리에서 너는 저편, 나는 이편, 저 땅 사람은 남, 우리가 남이가, 이런 말들이나 호도에 휘말리지도 않을 것이고, 우리가 얼마나 이상한 나라에 살고 있는지도 알게 되지 않을까?

KTX로 짧아진 기찻길이 알려주는 것은 단지 '세상 참 좋아졌구나' 하는 감탄이 아니라, 우리가 이토록 작은 땅덩어리에 살고 있다는 사실을 재확인시켜주는 것이 아닐까 싶다. 우연히 KTX에서 일본을 본떠 '에키벤' 그러니까 열차 도시락 사업이 짧은 승차 시간 탓에 잘될 리 없다는 이야기를 들었을 때, 이 열차가 서울과 부산이 아니라, 부산에서 개성으로, 평양, 신의주, 백두산까지 닿는다면, 금강산을 둘러 개마고원과 묘향산을 지나간다면, 기차 안 풍경도 틀림없이 다를 것이란 상상을 했다. 아침부터 서둘러 튀긴 닭을 뜯었던 것처럼, 부산에서 섞박지에 충무김밥, 천안에선 호두 알 송송 호두과자, 개성에선 닭 대신 꿩만두, 평양에선 시원한 냉면, 백두산에서는 사치스럽게 송이버섯 덮밥을 사 먹을지도 모르며, 일정이 넉넉하거든, 기세를 몰아 중국, 몽골과 러시아까지, 시간 참 많은 사람이라면, 모스크바와 상트페테르부르크를 지나 프라하, 파리, 로마, 도버 해협을 지나 런던까지 갈지도 모른다.

그렇게만 된다면 좋을 텐데, 정말 좋을 텐데, 맥주 한잔, 몰래 소주도 한잔, 가슴을 어루만지는 다정한 기차 바퀴 소리, 덜컹덜컹, 멀리 지는 붉은 해, 길지만 편안하고 우아한 그 길이 뚫린다면. 이런 작은 상상력조차 가능하지 못한, 도시락 하나 먹을 시간 없는 이 기찻길. 그 처지가 참 서글프다. 모든 것을 제쳐놓고라도, 기차 안에서 먹는 그 맛이, 도시락이, 양념 통닭이, 맥주가, 참 맛있으며, 창밖으로 변해가는 풍경을 바라보며 그 리듬에 맞추어 술 한잔하는 멋이란 참으로 좋기 때문이다.

다시는 돌아갈 수 없는 그 시절, 다시 그 열차를 탄다 해도 그 맛이 날까? 기억은 여전히 생생하다. 철없이 조르기만 해도 먹을 것이 끊임없이 나왔고, 졸리면 그저 부모님 어깨에 기대 자기만 하면 되었던 맘 편한 시절. 아쉬운 마음만 남기지 말고 언제 한번 기차를 타야겠다. 맥주도 한잔 하겠지. 동해를 보며. 저 계곡 위에서, 푸르고 높은 산에서. 기차 안에서. 캬아.

태초의 그리움,
불 맛

시뻘건 불이 타올랐다. 깜깜한 밤이었다. 불길이 마치 파도처럼 일어나 서서히 그러나 분명한 속도로 움직이고 있었다. 설악산으로 가는 44번 국도, 인제대교 위, 대학교 4학년이었던 나는 강원도를 도보 여행 중이었다. 해가 떨어지기 직전, 잘 곳을 찾아야 하는데 도로변에는 텅 빈 논밭밖에 없었다. 언제쯤 숙소에 도착할 수 있을지 감도 잡히지 않았다. 저 앞 어둠 속에서 작지만 선명한 붉은빛이 눈에 들어왔다. 농부들이 들에 불을 놓은 모양이었다. 마른 풀이 하얀 재가 되어 공기 속으로 흩어지며 아련한 냄새가 났다. 머리가 아닌 몸으로 기억하고 있던 분명한 그 냄새였다. 매캐했지만 친숙한, 오래된 편안함이었다. 그제야 기억이 풍경으로 변했다. 그 풍경 속에서 어떤 이의 뒷모습이 보였다. 아, 할아버지.

초등학교 시절, 방학이면 할머니 할아버지가 계시는 시골에 갔다. 길게는 한 달 동안 머물며 동생과 함께 산과 들로 쏘다녔다. 개천가 수풀 밑을 두 사람이 분탕질하듯 발로 마구 밟으면, 가운데 사람은 두 사람 사이로 그물을 대어 놀라 퍼덕이는 물고기를 건져냈다. 어떻게 먹냐는 질문에 할아버지의 답은 이거였다.

"물고기를 맛있게 먹으려면 말이야, 호박잎을 써야 해."

호박잎과 물고기? 국을 끓이나? 아니었다. 할아버지는 말씀이 끝나기 무섭게 담벼락에 널린 호박잎을 따서 물고기를 돌돌 말았다. 그러곤 그걸 통째로 아궁이 불에 던져 넣었다. 다 타버리는 것 아니냐며 동생과 내가 호들갑을 떨면 할아버지는 "괜찮다. 저렇게 익는 거다" 하며 우리 머리를 쓰다듬었다. 몇 분이 지났을까, 할아버지가 '물고기 호박쌈'을 꺼내면 호박잎은 새까맣게 탔지만 물고기는 노릇하게 익어 있었다. 우리는 입 양옆에 검댕을 묻히고 깔깔거리며 물고기를 베어 물었다. 살은 고소하면서도 은은하게 풀잎 향이 났고, 불이 뿜어낸 연기는 살 깊숙이 배어 있었다.

호박잎과 나무가 검게 타면서 생긴 연기 맛, 이것이 탄 맛, 우리가 흔히 말하는 불 맛, 서양에서 스모키smoky하다고 말하는 그 맛이다. 서양 요리에는 훈제 연어나 베이컨처럼 스모키한 맛을 적극적으로 이용한 것이 많다. 뜨거운 연기를 쐬는 것hot smoking뿐만 아니라 30도 이하의 서늘한 기온에서 훈제cold smoking를 하기도 한다. 요즘에는 훈제 범위가 더 넓어졌다. 고기나 생선을 훈제하는 것은 기본, 야채는 물론이고 요구르트나 버터도 훈제하고 심지어 아이스크림까지 훈제한다. 훈제한 맛을 내는 용액smoking liquid도 있고, 총 모양으로 훈제 연기를 뿜는 훈제 총도 있다. 훈제 총을 쓰면 굴같이 섬세한 것도 훈제할 수 있다.

흔히 이야기하는 '불 맛'도 탄 맛이다. 중국집에서 쓰는 중국 냄비 웍wok은 웍 전용 화구에 올려놓고 쓴다. 웍은 작은 가마솥이고 화덕은 가마솥을 올려놓은 부뚜막 같은 모양이라고 생각하면 쉽다. 웍의 둥근 바닥으로 가정용 가스와는 비교할 수 없는 화력의 불을 쐬주는데, 이때 웍 온도는 섭씨 600도~700도까지 올라간다. 불 쇼가 아닌, 이 온도가 바로 중국집 불 맛의 비밀이다.

숯불갈비 맛의 5할도 '온도'가 비결이다. 하얗게 타오른 열기, 숯불 놓는 아저씨 얼굴에 땀을 맺게 하는 그 온도는 무려 1,000도에 가깝다. 여기서 잠깐, 높은 온도로 고기 겉을 지져 육즙을 가둔다는 말은 그만하자. 고기의 단백질 조직은 물을 가둘 수 있는 물성을 가지고 있지 않다. 그저 높은 온도에 아미노산 화학반응인 마이야르 반응Maillard reaction이 일어나 색이 갈색으로 변하고, 인간이 좋아하는 '구운 풍미'가 생겨날 뿐이다. 오히려 높은 온도에 구우면 고기의 수분은 빠르게 증발한다(당연하다!). 어찌 되었든 숯불의 높은 온도 덕에 불 맛이 살아나 계산서에 찍힌 금액에 깜짝 놀라는 상황을 만드는 것이다.

커피의 로스팅도 커피콩을 고온에 볶아 불 맛을 내는 것과 다르지 않고, 달콤 쌉싸름한 초콜릿을 만들 때도 비슷한 과정을 거친다. 믿기지 않겠지만 와인도 불 맛을 품고 있다. 와인을 숙성시키는 데 쓰는 오크통을 만들 때 불로 내부를 '굽는다'. 미국의 버번위스키는 더욱 극단적이다. 맥주와 섞어 폭탄주로 마시든 원샷을 하든, 숨겨지지 않는 강렬한 캐러멜 풍미는 위스키를 저장하는 오크통 내부를 거의 태우다시피 하는 기법이 비결이다.

따지고 보면 탄 음식은 인류가 처음으로 맛본 요리이며 지금 인류의 생존을 가능케 한 씨앗이었다. 하버드 인류학과 교

수 랭엄 박사는 저서 《요리 본능》에서 인류가 진화한 다음 불을 얻은 것이 아니라 불을 얻은 다음 진화를 시작했다고 주장한다. 불로 음식을 익히게 되면서 더 많은 열량을 섭취할 수 있게 되었고 체격과 뇌 용량 증가로 이어졌다는 말이다. 우연히 불에 탄 고기 맛을 보면서 새로운 세계로 나아가게 된 까마득한 옛날부터 탄 맛의 기억은 우리 몸 깊숙이 각인되었을 것이다. 그래서인지 나는 숯불 앞에 앉을 때마다 저 머나먼 과거와 전설과 신화의 세계로 상상이 달려간다. 산 사람의 심장을 태워 제사를 지냈다는 잉카 문명, 하느님에게 불에 태운 제물로 제사를 지냈던 카인과 아벨, 제우스에게서 불을 훔쳐 인간에게 주었다는 프로메테우스가 생각난다. 마침내 저 멀리 동굴 속에서 처음 불을 발명했을 시절까지.

지금 사람들은 동굴에 들어가는 대신 텐트를 친다. 굳이 비싼 돈을 들여 장비를 마련해 온 식구를 끌고 산속에 마련된 캠핑장으로 향한다. 부모는 어설픈 솜씨로 숯불을 피우고 고기를 굽는다. 사람들을 낯선 곳까지 오게 하고 밤을 지새우게 하는 것은 그리움이다. 그들이 먹는 것은 단지 고기뿐만 아니라 불꽃이고 그 불꽃이 이끌어낸 것은 감춰져 있던 기억이다. 우리가 흔히 불 맛에 열광하고 숯불구이에 정신을 차리지 못하는 것도 우리 몸속 깊이 각인된 태초의 기억 때문이다.

뜨거운 태양이 대지를 달구면 오래전 여름방학의 한낮, 작은 시냇가, 타들어가는 호박잎 향기, 부드러웠던 물고기의 살점, 할아버지의 눈길로 전해진 따스한 온기가 점점이 떠오른다. 눈을 감으면 할아버지의 몸에서 나던, 험난한 시간 속에 단단해지고 그을렸으며 모든 것이 삭아 들어간 오래된 냄새가 어디선가 풍기는 듯하다. 그 냄새는 내가 홀로 걷던 그날, 불타는 들판 위로 부는 바람결에 실려 오던 한없이 가볍고 애잔한 연기를 닮아 있었다.

고단한 삶을 지탱해준,
어묵

어머니의 목소리가 앙칼졌다.

"택시는 무슨 택시니!"

더 이상 칭얼대지 말라는 선전포고였다. 나는 풀이 죽어 옆에 까만 비닐봉지를 들고 서 있었다. 영도 남항시장, 서른이 훌쩍 넘은 지금, 그곳에 다시 가면 여느 동네에서 흔히 볼 수 있는 시장이거늘 십여 년 전 나에게는 걸어도 걸어도 끝이 없었다. 산복도로 위, 신선동 단칸방으로 가는 버스는 8-5번뿐이었다. 택시를 타면 기본요금일 텐데 어머니는 단호했다. 지금의 내 나이 또래였던 어머니는 100원이라도 싼값을 치르겠다는 강철 같은 의지로 시장을 돌고 돌았다. 사투리를 진하게 쓰는 가게 주인과 돈 몇백 원에 비장한 일전을 벌였고 어머니는 늘 승리했다. 전리품은 어깨가 빠질 것 같은 묵직한 봉지였다. 비닐봉지는 손 안에서 말리고 말려 살을 파고들었다. 배차 간격이란 게 있는지조차 의심스러운 버스가 마침내 시야에 들어오면 여인네들이 악착같이 몰려들었다. 사람들 틈은 숨쉬기조차 버거웠고 탈탈거리는 버스를 타고 오르는 가파른 영도 산복도로 길은 너무나 더디었다.

고백하건대 무조건 나쁘지만은 않았다. 남항시장에는 어묵 공장이 있었다. 그곳은 장보기의 마지막 코스였다. 미리 사놓으면 따끈한 어묵이 식기 때문이었다. 당시만 해도 포장 어묵이 없었다. '부식 가게'에서 어묵이나 두부 따위를 사 오던 시절이었다. 어묵 공장 앞에 가면 늘 사람으로 장사진이었다. 판어묵, 꼬치 어묵, 속이 들어간 고급 어묵 등 갖가지 어묵이 좌판에 깔려 있었다. 하이라이트는 어묵 기계에서 바로 빠져나오는 꼬치 어묵이었다. 멸치를 우려낸 어묵 국물? 그런 건 필요 없었다. 좋은 회에 밑반찬이 필요 없는 것과 마찬가지다.

갓 나온 따끈한 꼬치 어묵은 단돈 50원, 한입 베어 물면 이가 쑤욱 박히는 부드러움, 동시에 물고기가 파닥이는 듯한 탱탱함, 기름기가 밴 고소함, 눈을 감으면 생선살의 담백함과 은

어묵 하면 반찬이 아니라
소주가 생각나는 어른이 된 지금,
갓 나온 어묵을 먹던 그 시절의 나와
지금의 나는 얼마나 달라졌을까 생각해보면
또 그렇지도 않다.

은히 퍼지는 달달한 맛까지. 무엇보다 그 뜨끈한 온기를 어쩔 것인가? 순간의 맛이었다. 리플레이 따위는 없는, 재현할 수 없는, 나와 그것과 그곳이 만들어낸 유일한 무엇이었다.

이런 어묵의 추억을 가진 이는 한국에만 있지 않을 것이다. 알다시피 어묵의 시작은 일본으로 보는 것이 일반론이다. 흔히 부르는 '오뎅'이라는 이름도 일본어에서 유래한 것이다. 일본에서는 13세기부터 어묵을 만들었다고 알려져 있으며, 일본 이름은 가마보코かまぼこ다. 생선이 주식인 나라에서 유래할 법한 음식이다. 멀리 서양에 가면 피시 케이크fish cake가 있다. 먹고 남은 흰 살 생선 자투리와 감자를 으깨 빵가루, 달걀 등을 넣어 만든 반죽을 튀긴 것이다. 가까운 태국에 가면 '탓 만 플라Thot man pla'가 있다. 역시 생선살을 으깨 튀긴 것으로 이쪽에서 나는 향신료를 넣어 열대를 닮은 풍미가 난다.

애초에 어묵은 일본에서 고급 음식으로 시작했다지만 한국의 어묵은 가난함의 역사와 같다. 재일교포 최양일 감독의 쇳덩이 같은 하드보일드 영화 〈피와 뼈(2004)〉의 배경도 바로 해방 즈음 오사카의 어묵 공장이다. '김준평' 역의 기타노 다케시는 어묵 공장으로 큰돈을 벌기까지 고춧가루에 고추장을 타고 거기에 캡사이신까지 부어 넣은 것처럼 살벌하고 무자비한 행적을 보인다. 한국에서 어묵을 먹기 시작한 것도, 최초의 어묵 공장이 생긴 것도 그 즈음이었다. 영화 속 풍경처럼 얼굴이 검게 타고 바싹 말랐던 사내와 아낙들이 먹기 힘든 풀치(새끼 갈치), 새끼 조기 등을 잡아, 찌고 짓이겨 어묵을 만들었다. 그렇게 만든 어묵은 가격이 저렴했고 단백질이 풍부해 영양도 좋았으며 게다가 맛도 좋았다. 오랫동안 불량식품이란 낙인이 찍혀 있었지만 싼 음식에 하루를 벌고 또 하루를 나던 사람들이 나의 이웃이었다.

스무 살 때 서울에 올라와 맛본 '부산 어묵'은 예전 먹던 맛이 아니었다. 쫀득하기보다 퍽퍽하고 국물에 넣으면 쉽게 풀어졌다. "이그는 부산 어묵 아이다!"라고 동향 친구들은 쉽게 분노했다. 지금은 그 차이가 어육 함량에서 비롯되었다는 걸 안다. 이른바 오리지널 부산 어묵은 어육 함량이 70퍼센트에 달한다. 재료가 다르고 비율이 다르니 맛과 식감이 다른 것은 당연한 이치다.

차이는 확연하다. 한 번 맛을 본 이는 모를 수 없다. 부산 어묵이 근래 재조명받은 것은 어찌 보면 시간문제였다. 부산에서 해방 이후 오랫동안 공장을 운영하던 업주들의 2세, 3세가 경영 전면에 나서면서 부산 어묵은 새로운 전기를 맞았다. 불량

식품이라는 딱지를 떼버리기 위해 공장 설비를 재단장했고 빵집처럼 어묵을 가판대에 종류별로 늘여놓고 파는 어묵 베이커리 카페도 만들었다. 2층, 3층으로 된 카페에 가면 유리 벽 뒤로 몇십 년 경력의 어묵 장인들이 손수 어묵을 만들고 회사와 어묵의 역사를 기록한 안내문도 여기저기에 있다. 어묵도 진화를 거듭해 모양, 맛, 포장에서 완전히 새사람이 됐다. 불량식품이라는 딱지는 이제 그만이다. 21세기 어묵 공장 시설은 예전을 상상할 수 없고 원료가 되는 생선도 원산지와 질을 가려 쓰니 걱정할 필요가 없다. 기세를 몰아 서울까지 진출한 어묵 베이커리 카페에 표준말 쓰는 서울 사람들도 밀려들어 어묵을 뭉치로 산다.

그럼에도 뜨끈뜨끈 바로 나온 어묵이 아닌 이상 어묵을 생으로 먹으면 맛이 덜하다. 보통 기름에 튀기니 기름 맛이 진하다. 대신 무를 크게 썰어 넣고 다시마, 멸치, 청양고추, 간장, 맛술로 낸 국물에 어묵도 종류별로, 삶은 달걀, 도가니 따위를 가득 넣어 끓이면 (간혹) 시베리아보다 춥다는 한국의 겨울도 견딜 만하다. 그뿐인가? 간장으로 간한 어묵 볶음도 밥반찬으로 좋고 김밥이든, 잡채든, 어디든 넉살 좋게 잘 어울리는 것이 어묵이다.

하지만 옛날 어머니가 어묵 공장을 꼭 찾았던 것은 어묵이 맛있어서만은 아니었다. 나이가 들어 물가物價에 눈이 밝아지고, 살림살이라는 것을 해보며 그때 왜 우리가 어묵을 그리도 많이 먹었는지 알게 됐다. 어묵은 가장 싼 음식이었다. 덕분에 우리 가족이 자주 먹었던 음식은 어묵과 두부를 넣은 김치찌개였다. 오히려 돼지고기를 넣은 김치찌개를 먹은 것은 손에 꼽았다. 어묵 없는 밥상은 상상하기 힘들었고 다행히 내 입에 어묵은 잘 맞았다.

어묵 하면 반찬이 아니라 소주가 생각나는 어른이 된 지금, 갓 나온 어묵을 먹던 그 시절의 나와 지금의 나는 얼마나 달라졌을까 생각해보면 또 그렇지도 않다. 여전히 걷기 싫어하고 택시를 좋아하며 먹는 것 앞에선 사족을 못 쓴다. 어머니도 여전하다. 어묵으로 김치찌개를 끓여주던 그때처럼 택시는 아니 타고 물건을 버리는 법이 없으며 늘 내 걱정을 한다.

정성이라는 따뜻한 수고로움, 닭칼국수

칼국수를 사 먹기 시작한 것은 어른이 되고 나서다. 그전까지 칼국수는 당연히 집에서 해 먹는 음식이었다. 어쩌다 한번 칼국수가 점심 메뉴로 정해지면 신문지부터 찾았다. 반죽할 때 하얀 밀가루가 사방으로 튀었기 때문이다. 요리에 청소까지 곁들여지는 이 작업을 달가워할 주부는 드문 것이 당연했다. 그리하여 어머니의 기분과 칼국수는 매우 유의미한 상관관계가 있었다. 날이 선선해질 가을 무렵, 얼마간 움직여도 땀이 덜 나는 때, 비가 오거나 날이 너무 좋거나, 마치 하이젠베르크의 불확정성 원리를 보는 것처럼 우연과 논리의 교집합 속에 칼국수 먹는 날이 탄생했다.

특별한 재료가 필요한 것은 아니었다. 어차피 칼국수 아닌가? 문제는 반죽이었다. 집에서 하는 밀가루 반죽에 정해진 조리법이 있을 리 없었다. 눈대중으로 대충 물을 잡고 반죽을 치댔다. 말이 쉽지 반죽에만 한평생을 바치는 장인들이 있을 정도로 따지고 들어가면 재료 비율부터 여간 어려운 문제가 아니다.

물과 밀가루 비율은 밀가루 자체가 머금은 수분, 습도, 온도에 따라 조금씩 달라진다. 반죽에 넣는 소금, 전분, 소다 등에 따라 물성은 천차만별이다. 보통 물과 밀가루 비율은 무게비로 1대 4 정도 잡는다. 조리법에 따라 편차가 있지만 흔히 이야기하는 탄력 있는 면발은 이쯤이 좋다. 글루텐 함량이 높은 강력분을 쓰면 더욱 탄성이 생긴다. 비율보다 더 중요한 것은 소금이다. 무턱대고 싱겁게 먹겠다며 반죽에 간을 약하게 하거나 아예 빼버리면 면의 탄성이 훨씬 줄어들고 맛 또한 덜하다. 단백질 일종인 글루텐은 물을 만나 활성화되는데 소금이 그 작용을 촉진한다. 참으로 쓸모가 많은 소금이다. 넣는 양은 반죽 분량에 따라 다르지만 대략 반 숟가락이면 충분하다.

반죽을 치대는 정도는 손에 끈적한 기운이 묻어나지 않을 때까지다. 이후 최소 30분 정도는 숙성해야 탄성이 살아난다.

반죽하면서 피로해진 글루텐이 다시 힘을 얻기까지 시간이 필요해서 그렇다. 그동안 칼국수 면발에 얹을 육수와 고명을 만든다. 나는 바지락 칼국수를 즐겨 먹지 않는다. 어머니 칼국수에 익숙해진 까닭이다. 우리 집은 무조건이라고 해도 될 만큼 닭칼국수만 해서 먹었다. 야들야들한 영계는 맞지 않는다. 살은 부들부들 연할지 몰라도 육수를 내는 데 적합하지 않은 탓이다. 몇 날 며칠을 삶아도 살이 퍼지지 않는 노계老鷄여야 육수가 제대로 나온다.

"도대체 이런 걸 어디서 사 왔니?"

언젠가 집 앞 트럭에서 한 마리에 2,000원 하는 닭을 사 왔다가 어머니의 핀잔 어린 소리를 들었다. 닭이 늙어 살이 질겨진 탓이다. 이런 녀석으로부터 뽑은 육수는 세월의 맛을 낸다고 풍월을 읊어도 될 만큼 맛이 좋다. 사람들이 줄을 서는 냉면집 육수의 비결이 알고 보면 노계인 경우가 흔하다. 중국에서는 육수를 뽑을 때 노계를 쓰라고 특정할 정도로 효과가 분명한 재료다. 한국에서 늙은 닭을 구하기는 쉽지 않다. 타협하여 되도록 큰 닭을 골라 마늘, 파와 함께 넣어 한 시간 정도 국물을 우린다. 살이 뼈에서 저절로 떨어질 무렵 닭을 건져내 일일이 살을 발라낸다. 발라낸 살에 고춧가루, 다진 파와 마늘, 간장, 깨, 후추, 소금, 참기름으로 양념하여 고명을 만든다. 육수에는 감자를 큼지막하게 넣고 끓인다. 애호박도 빼놓지 않는다. 청양고추를 듬뿍 넣은 간장 양념장도 따로 준비한다. 육수와 고명 준비를 마치면 대충 반죽 숙성이 끝난다. 그때마다 꼭 이런 소리도 들었다.

"다음부턴 절대 안 할 거야."

어머니의 투정 섞인 불평을 들으면 '다음엔 절대 못 먹나' 하는 걱정이 덜컥 들어 어머니 뒤로 가서 어깨를 주무르곤 했다. "공부 열심히 할게요" 하는, 맥락 없지만 늘 효과적이었던 말도 빼먹지 않았다. 밀가루를 묻혀가며 소주병으로 밀고 큰 식칼로 썰어 면을 만드는 모습을 보면 절로 배가 고팠다. 마지막으로 이 면을 육수에 넣어 삶았다. 면을 내는 방법은 면을 따로 삶아 끓인 육수에 넣거나 아예 육수에 같이 넣고 끓이는 두 가지다. 면을 따로 삶으면 국물이 맑고 면을 육수에 함께 삶으면 면에 묻은 밀가루가 녹아들어 걸쭉한 국물이 나온다. 육수에 감자까지 넣어 어머니가 해준 칼국수는 거의 중국집 수프와 같은 농도가 됐다. 반찬은 김치 하나로 족했다. 아버지 것과 크기가 거의 맞먹는 대접이 내 앞에 놓였다. 어머니는 국자로 휠휠 저어 육수와 칼국수 면을 가득 대접에 담았다. 빨갛게 양념한 닭고기 고명을 욕심부려가며 가득 국수 위에 올렸다. 간장 양념장 한 숟가락이 딸려왔다.

뽀얀 닭 국물은 고명을 따라 붉게 물들고 입에서는 파블로프의 개처럼 침이 흘러나왔다. 그러나 어른이 수저를 들기 전에 식사를 시작할 수는 없는 법이다. 드디어 아버지가 젓가락을 들고 국수를 입으로 넘겼다. 반주 한 잔이 공중으로 포물선을 그리며 올라갔다. 마침내 잔이 상 위에 '탁' 소리를 내며 안착했을 때 나와 동생은 숨 참기 대회를 하듯 고개를 대접에 처박았다. 시공간이 사라진다, 무아지경이다, 쾌락에 들떴다 같은 에로 영화에 나올 법한 밀도 높은 시간이 펼쳐졌다. 매끈한 칼국수 면은 적당히 풀어져 부드럽게 입속을 간지럽혔다. 닭육수의 감칠맛과 매운 고춧가루 양념의 만남은 콘서트장에 울리는 강렬한 비트처럼 내 정신을 휘저어놓았다. 간혹 씹히는 청양고추는 주체할 수 없는 식욕에 불을 붙였다. 포만감은 마땅히 이겨낼 적이요, 원수였다. 나는 절대 지지 않겠다는 굳은 각오로 하얀 공깃밥까지 시뻘건 국물에 말아 먹고 나서야 상 뒤로 나가떨어졌다. 남은 것은 물 뺀 수영장 같은 대접밖에 없었다.

나이가 들어 회사를 다니며 매일 찾아오는 점심마다 '뭘 먹을까' 고민할 때 제일 만만한 것은 여전히 칼국수다. 익히 알려진 것처럼 해방 이후 미국에서 밀가루가 흘러들면서 한국에서 본격적인 분식 역사가 시작됐고 칼국수도 그 궤가 같다. 밀가루 반죽을 칼로 썰었다 하여 칼국수이지만 현재 보통 칼국수란 단어는 파스타의 탈리아텔레tagliatelle 면처럼 얇고 넓은 면을 뜻하게 되었다. 워낙 들어가는 것이 싸디싼 밀가루밖에 없어 '먹는장사나 해볼까' 생각하며 식당 문을 여는 이들이 자주 선택하는 음식이기도 하다. 육수 내는 재료야 멸치, 다시마, 조개, 닭같이 저렴한 것이고 이도 아니면 조미료로 간단히 맛을 내면 된다. 간혹 터지는 배추 파동 때문에 변덕 심한 김칫값만 빼면 소규모 창업이란 그럴듯한 말에 제일 잘 어울리는 음식일지도 모른다. 그만큼 싼값에 만만한 점심을 찾아 사람들은 칼국수 잘한다는 집에 쉽게 몰린다.

인파 속 하나가 되어 남모를 사람들과 어깨를 비비며 멜라민 식기에 밀가루 면을 가득 담아 배가 터지도록 먹고 길바닥 위로 나오면 자주 공허하다. 영혼 없이 연신 국수를 삶고 테이블을 치우는 피로한 종업원과, 한 시간도 채 안 되는 동안 배를 채우려 옆 사람과 말 한마디 못하는 내 처지는 칼국수 한 그릇 앞에서 닮은꼴이다.

누군가를 먹이겠다는 마음, 김밥

소풍날 비가 올까 노심초사하며 밤잠을 설쳤다는 이야기는 해당 사항이 없었다. 소풍이라 봤자 가는 곳은 뻔했다. 부산 영도 산기슭의 초등학교인지라 멀리 가면 태종대, 선생님들 의욕이 떨어지면 뒷산을 올라가는 게 다였다. 6학년쯤 되면 간 곳을 또 가게 되고 보물찾기니 하는 것도 싫증이 나기 마련이다. 나는 소풍을 가면 야근에 찌든 어른이라도 된 것처럼 선생님 말씀은 듣는 둥 마는 둥 딴청을 피우며 나무 그늘 아래 요령껏 앉아 있었다. 6학년 마지막 소풍날, 산들바람을 맞으며 올바른 청소년 행세를 하느라 '하늘은 높고 푸르구나' 같은 생각을 했다. 그러다 생각이 과했는지 슬슬 배가 고파왔다.

"선생님이 점심 먹으래!"

반장 목소리가 이토록 반가울 수가 없었다. 나는 그제야 자리에서 일어나 친구들을 찾았다. 몇 안 되는 친한 친구가 1순위, 그리고 김밥이 맛있으리라 짐작되는 친구가 0순위였다. 나에게 소풍의 존재 이유는 김밥에 있다고 해도 무관했다. 우리 집 김밥뿐 아니라 다른 집 김밥도 먹을 수 있으니 더욱 좋았다. '나눠 먹자'는 대의명분 아래 순진한 친구들이 도시락 뚜껑을 열었다. 나의 차가운 이성은 어떤 김밥부터 어떤 순서로 먹을 것인지 가늠했다. 친구들과 함께 도시락을 좌판처럼 깔아놓으면 개중에 꼭 먼저 없어지는 것이 있었다. 그것을 예측해 선점하는 것이 관건이었다.

잘사는 애들 김밥은 호화로웠고 찬합은 묵직했다. 소풍날 새로 산 옷처럼 쇠고기며 햄이니 하는 것들이 가득 든 김밥이 일단一段, 불고기, 잡채 등속이 든 것이 이단二段이었다. 때로 과일이 삼단三段을 차지할 때도 있었다.

인기가 좋아 불고기는 금세 품절이요, 김밥은 불꽃 튀기는 젓가락질 속에 옆구리 터지는 것이 보통이었다. 내 김밥의 인기는 대충 그다음이었다. 서울 출신인 어머니는 시금치, 당근, 게맛살, 햄, 단무지가 들어가는 깍쟁이 스타일로 김밥을 말았다. 그 김밥은 모양만큼이나 맛도 단정했다.

마지막으로 손이 갔던 김밥은 이미 어그러져 있었다. 은박지 도시락이 가방 속에서 이리 뒹굴 저리 뒹굴 하다 보니, 모서리는 뭉개지고 위아래는 찌그러진 모양새였다. 김밥은 작았고 게다가 속에는 든 것이 없었다. 밥이 약간 빨간 것이 그나마 특징이었다. 잠시 침묵이 흘렀다. 다들 '저걸 먹어야 하나' 생각하는 것 같았다. 그때 도시락 주인이 화가 난 듯 말했다. 키가 작고 머리를 늘 스포츠형으로 깎고 다니던 과묵한 친구였다.

"먹어봐라! 우리 아빠가 싸준 거다."

우리는 "먹으려고 그랬다" 같은 변명을 늘어놓으며 엉거주춤 그 친구의 김밥을 집어 먹었다. 김밥은 순식간에 없어졌다. 친구처럼 조그맣고 아무것도 들어 있지 않은 그 김밥의 밥은 잘 볶은 고추장과 당근, 양파, 참기름 따위로 버무려져 있었다. 쏜 총알처럼 날카롭게 혓바닥을 관통하는 맛은 중독적이었다. 친구는 빈 도시락 통을 보며 승리한 자의 미소를 지었다. 그 친구가 아버지, 그리고 남동생과 살고 있다는 것이 떠올랐다. 친구들이 속삭이던 말에 따르면 어머니는 '어디론가' 가서 집에 없다고 했다. 친구 집에 가면 아직 제대로 걷지 못하는 남자 아기와 늘 얼굴이 불콰했던 깡마른 남자가 있었다. 그 후로 자주

김밥은 내가 먹기 위해 싸지 않는다.
누구를 먹이기 위해 만드는 음식이다.
그래서 그 한 줄로 배가 차고
때로 가슴이 먹먹해지는 것이다.

그 김밥의 맛이 떠올랐다.

어른이 되니 소풍날이 아니더라도 김밥을 먹는 날이 잦아졌다. 어머니가 김밥을 싸주는 일은 드물었다. 소풍은 사라졌고 남은 것은 팍팍한 낮과 밤뿐이다. 김밥은 더 이상 특별한 날을 기념하기 위한 것이 아니다. 앉아서 밥 먹을 시간조차 없을 때, 알루미늄 포일에 싸인 김밥 한 줄을 찾는다. 출근길 지하철 역사에서도, 콘크리트 길거리에서도 김밥을 판다. 호주에 살며 요리하던 시절에는 남에게 밥을 해주느라 주린 배를 움켜쥐고 편의점에서 떨이로 팔던 일본식 김밥인 '롤'을 자주 먹었다. 차갑게 식은 밥 알갱이 탓에 목이 자주 메고 속이 답답했다. 나는 쓰레기 같은 음식을 먹는 나의 삶이 과연 얼마나 가치 있는지 생각하며 밤길을 걸었다.

그러나 김밥은 가볍고 허접한 음식이 아니다. 오히려 만들기 가장 까다로운 것 중 하나다. 소풍날이면 어머니가 그리도 일찍 일어나야 한 것은 다 김밥 때문이었다. 김밥은 그 자체가 한 상이다. 밥부터가 전기밥솥에 대충 쌀을 안치고 버튼만 누르면 될 성싶지만 모든 일이 그렇듯 정성을 들이자면 끝이 없다. 쌀 위에 다시마를 올려 감칠맛을 끌어내기도 하고 살짝 소금 간을 해서 잡맛을 없애기도 한다. 물에 불리는 것은 한 시간이 넘으면 안 된다. 쌀알이 쉽게 부서진다. 밥을 하고 나서는 너른 곳에 펼쳐 빠르게 열기를 뺀다. 잔열 때문에 밥이 과숙過熟되어 으깨지고 뭉쳐지기 쉽다. 간은 선택의 문제다. 밥을 참기름과 소금으로 간하는 것은 한국 스타일이다. 반면 일본은 식초와 설탕, 소금으로 간을 한다. 맛있는 김밥의 포인트는 어떤 방식이 되었든 간을 확실히 하는 것이다. 예전 해군 시절, 짐승 같은 병사들을 먹이던 사나운 식모는 김밥을 만들 때면 이렇게 말했다.

"참기름 좀 팍팍 부어. 소금도 더 치고. 어디 그래 가지고 티가 나겠나."

김밥은 밥맛으로 먹는 것이다. 밥만 먹어도 맛이 있어야 한다. 그러려면 간이 확실해야 한다. 밥은 캔버스와 같다. 밥을 어떻게 간하느냐에 따라 속 재료를 조리하는 방법도 달라진다. A 다음에 B가 오고 '가' 다음에 '나'가 오듯 밥을 참기름으로 간을 하면 당근도 참기름에 볶고, 초밥을 만들면 당근 역시 식초에 절이는 것이 보통이다.

이런 방법이 절대적이진 않다. 앙상블은 비슷한 것과 다른 것의 조화이니 여러 경우의 수를 조합하며 김밥을 마는 것 또한 재미다. 햄과 달걀을 부치고 시금치를 다듬다 보면 재료만

한 상이 된다. 이렇듯 조합을 궁리해야 하고 밥을 김 위에 펴고 재료를 올려 말아 칼로 일정하게 써는 숙련된 기술도 필요하다. 김밥 한 줄이라고 편히 말할 계제가 아니다. 주위를 살피면 요즘 김밥이 너무 비싸다고 불평하는 소리가 자주 들린다. 고급화 바람을 타고 '프리미엄' 김밥집이 여럿 생긴 것에 대한 반작용이다.

김밥은 한국에서 가장 싼 음식 중 하나다. 어설프게 원가 타령을 하며 어떻게 김밥 한 줄에 몇천 원이냐 하는 불평은 재료비 이외에 드는 부대비용과 노동력을 전혀 생각하지 않은 엉터리요, 허리를 숙여 김밥을 마는 곱은 손을 보지 않는 못된 심보다.

한 시인은 뜨겁지 못한 가슴을 향해 '연탄재 함부로 발로 차지 마라 / 너는 / 누구에게 한 번이라도 뜨거운 사람이었느냐' 라고 썼다. 나는 아마도 이렇게 쓸 것이다. '김밥 함부로 비싸다 말하지 마라 / 너는 / 한 번이라도 첫새벽 김밥을 싸본 적 있느냐.'

김밥은 내가 먹기 위해 싸지 않는다. 누구를 먹이기 위해 만드는 음식이다. 그래서 더 애틋한 음식이다. 그래서 그 한 줄로 배가 차고 때로 가슴이 먹먹해지는 것이다.

슬픔을 견디게 하는 맛,
육개장

늦은 밤 걸려온 전화에 온 가족이 무궁화호 열차를 탔다. 도착한 곳은 충북 음성, 할아버지 시신이 있는 병원 영안실이었다. 갑작스러운 죽음은 아니었다. 몇 달 전 밤, 자전거를 타고 집으로 돌아오던 할아버지는 트럭에 치여 식물인간이 되었다. 중환자실에 누워 있던 할아버지의 눈동자에는 초점이 없었다. 본래 할아버지는 안광眼光이 강했다. 일제강점기에 유도 선수였기에 골격도 남달리 두꺼웠다. 일흔 나이에도 매일 새벽 냉수로 목욕하던 당신이었다. 그러나 사고로 예고된 죽음을 기다리던 할아버지는 한겨울 희미한 숨을 거뒀다. 초등학생이던 나와 동생에게 할아버지의 죽음은 실감이 나지 않았다. 웃음기를 빼고

영안실을 지키는 것도 힘에 부쳤다. 둘은 음침한 그곳을 몰래 빠져나와 부산에서 볼 수 없던 하얀 눈 위에서 여러 번 뛰어놀았다.

배가 고프면 영안실 구석에 앉아 육개장을 먹었다. 하얀 일회용기에 국과 밥을 가득 퍼서 플라스틱 수저로 연신 그 빨건 것을 퍼먹었다. 나는 육개장을 앉은 자리에서 몇 그릇을 먹었다. 고춧가루와 콩나물을 듬뿍 넣은 칼칼하고 시원한 국물이 몸의 냉기를 풀었다. 푹 익은 무의 달콤한 맛이 뒤를 받쳐 먹어도 먹어도 물리지 않았다. 육개장을 끓인 친척은 장례식 내내 "잘 끓였다"는 칭찬을 들었다. 한 그릇으로는 멈출 수 없는 맛이었다. 어린 마음에도 '이렇게 먹어도 되나' 하는 생각이 들 정도였다. 그 모습을 보던 작은할아버지는 "손주가 이렇게 잘 컸으니 형님도 편하게 저세상 가셨겠네"라고 말하며 동생과 나의 머리를 쓰다듬었다. 할아버지가 화장터 불꽃 속으로 들어가던 날, 육개장을 끓이던 가스 불이 꺼졌다. 화장터는 복숭아 과수원이 있던 산기슭에 있었다. 영구차 운전기사는 5만 원을 받고서야 시동을 켰다. 무거운 시신이 가마 속으로 들어갈 때 모두 울음을 터뜨렸다. 사람들 틈에서 아버지의 뺨 위로 흐르던 눈물을 보았다. 몇 시간 뒤 부산에 내려오는 기차 안에서 난

생처음 본 아버지의 눈물과 육개장의 맛을 혼자 되뇌었다.

그 이후로 육개장을 자주 먹지는 않았다. 맛있는 것이 아니면 아예 먹지 않겠다는 묘한 고집이 생긴 탓이었다. 지역적인 탓도 있다. 부산에서는 탕국 하면 돼지국밥인지라 육개장을 따로 사 먹은 기억이 없다. 집에서도 일부러 육개장을 끓이기에는 수고가 많이 들었다. 1년에 하루를 제대로 쉬지 못하던 나의 부모는 고기 육수를 우리고 소고기를 결대로 찢을 틈을 내기 쉽지 않았다. 늦은 밤 하루가 끝나면 이른 아침과 함께 또 다른 하루가 시작됐다. 하루에 열다섯 시간 이상을 학교에서 보내며 급식과 식은 도시락으로 배를 채웠다. 스무 살이 넘어 서울 생활을 시작하고 나서야 다시 육개장을 먹기 시작했다.

시중에 육개장 잘하는 집을 찾자면 여럿이다. 사대문 안의 '우래옥'과 '부민옥'의 육개장이 그중 우선 손에 꼽힌다. 냉면으로 유명한 우래옥의 육개장은 단단한 구조감을 가진 냉면만큼이나 꽉 짜인 구성이 인상적이다. 국물은 무겁지만 부담스럽지 않고 풍성하게 들어간 고명에 보기만 해도 마음이 흡족하다. 양 무침 안주 하나 놓고 세상사 논하는 직장인이 늘 한가득한 부민옥의 육개장도 먹을 만하다. 다동에서 자라 다동에서 큰 이 집 주인장이 추천하는 메뉴도 육개장이다. 첫술에 시큰

한 산미가 느껴지고 두 술에는 산뜻하고 칼칼한 풍미가 다가온다. 우래옥 것에 비하면 심심할 수도 있지만 오히려 그래서 자주 찾기 좋다.

이러나저러나 육개장은 경상도식으로 끓여야 제맛이란 사람들도 있다. 원래 육개장은 '대구탕반'이란 또 다른 이름을 가지고 있었다고 하니 대구를 위시한 경상도에서 그 맛에 자부심을 가질 만도 하다. 그래서 '문배동육칼'의 주인장도 대구 출신이라고 생각했다. 그러나 주인장은 "대구에서 오셨어요?"라는 질문에 "부산에서 왔다"고 시원스레 답했다. "그럼 이 집 육개장은 따지고 보면 부산식 육개장이네요?"라고 물으니 주인장은 "그런 셈이다" 하며 멋쩍게 웃었다.

주인장이 부산에서 올라와 용산 문배동에 가게를 연 지가 이제 37년이다. 재개발로 들어선 주상복합 단지 옆, 낮은 단층 건물에 간판만 새로 달았을 뿐 달라진 것은 세월밖에 없다. 그 간판도 디자인 전공한 조카가 만들어준 것이다. 처음에는 육개장 칼국수를 뜻하는 육칼이란 메뉴가 없었다. 주인장의 조카도 태어나지 않았다. "아니 어느 날 한 손님이 밥 대신 칼국수를 넣어보라고 하더라고." 반백의 주인장은 큰 목소리로 육칼의 기원을 설명하며 그릇을 날랐다. 잠시 후 내 몫의 육개장 한 그릇이 앞에 놓였다. 추운 바람을 파란 천 두른 텐트에서 난로에 손을 쬐며 견딘 내 몸이 육개장을 불렀다. 파를 듬뿍 넣어 달콤한 맛이 강하고 색이 붉지 않지만 화끈하게 매운 걸쭉한 국물은 '찬바람=육칼'이란 공식을 몸에 새길 정도로 중독적이다. 채소 육수에 삶은 칼국수 면은 아기 볼처럼 부드러워 속에 걸리지 않는다. 반 공기 담아주는 밥까지 말아 먹으면 남는 것은 반질거리는 스테인리스 대접밖에 없다. 다시 차가운 바람이 부는 거리로 나섰을 때 겨울바람은 여전히 몸을 치고 돌았다.

개로 끓인 '개장'에 개고기 대신 소고기를 썼다 하여 고기 육肉 자를 붙인 것이 시작인 이 음식은 오래 끓일수록 맛이 좋다는 특징이 있다. 덕분에 고온에서 살균 처리를 하는 레토르트 가공 방식에 적합하다. 고춧가루가 많이 들어가기에 어지간해선 맛없다는 핀잔을 듣지 않는다. 육개장 프랜차이즈가 많고 간편 조리 식품도 흔한 이유다. 내가 육개장을 먹기 시작한 것은 맛집도 레토르트 제품 탓도 아니었다. 스무 살이 넘어 이따금 느닷없이 부고訃告가 들려오곤 했다. 몸을 부수는 슬픔 속에도 먼 길 온 객客을 먹이기 위해 누군가는 이 탕국을 끓인다. 눈물을 달인 것처럼 뜨겁고 진한 국물을 입안에 넣으면 아무리 허망하고 슬퍼도 먹어야만 하는 인간의 원초적인 생리가 원망스럽다. 남은 자는 먹어야 한다. 억지로 꾸역꾸역 밥을 국물에 적셔 입안에 밀어 넣는다. 없는 듯 비어 있던 위장이 서서히 차오른다. 그러면 신기하게도 슬픔을 조금이나마 견딜 수 있는 힘을 얻게 된다.

지금이나 그때나 겨울의 창백한 하늘과 장례식장의 육개장은 변함이 없다. 단지 근래 장례식장의 육개장은 기업에서 끓여 나오는 차이가 있다. 상주들의 수고를 덜고자 한 것이니 나쁘다고 할 이유는 없다. 장소가 장소이니 맛을 따질 것도 아니다. 그럼에도 말라비틀어진 편육 조각과 무미건조한 육개장을 앞에 두면 장례식장의 쓸쓸함이 더해져 울적해진다. 얼마 전 대학병원 영안실에서 그런 육개장을 먹으며 그 옛날 겨울을 떠올렸다. 키가 컸던 할아버지의 너른 어깨도 보이는 듯했다. 나를 부르던 굵은 목소리도 들리는 것 같았다. 하지만 내 앞엔 종이컵에 담긴 소주 한 잔과 하얀 일회용 그릇이 놓여 있을 뿐이었다. 얼마간 혼자 앉아 미지근한 소주와 식은 국물을 먹었다. 하루를 더 살고 또 한 명을 떠나보냈다.

이제는 이해하는 마음,
돈가스

아버지는 식식거리며 길을 앞장섰다. 나와 동생은 죄인이라도 된 것처럼 고개를 숙이고 뒤따랐다. 동생의 볼은 벌겋게 달아올라 있었다. 찬바람 탓이 아니었다. 몇 분 전 아버지는 동생의 뺨을 때렸다. 우리 둘은 울지 않았다. 대신 조용히 길을 걸었다. 집으로 향하는 길은 영원히 끝나지 않을 것만 같았다. 숨이 턱턱 막혔다. 내가 돈가스 접시를 깨기 전까지만 해도 모두 웃는 자리였다.

아버지와 나와 동생은 오붓이 시내 로터리에 있던 경양식집에 갔다. 주말 점심쯤이었다. 메뉴는 여러 가지였다. 그러나 우리가 시키는 것은 오직 돈가스뿐이었다. 지금보다 훨씬 젊고 주름이 없었던 아버지는 말없이 앉아 있었다. 얼굴만 한 돈가스가 나오자 나와 동생은 흥분했다. 칼과 포크를 양손에 쥐고 돈가스를 잘랐다. 긴 타원형의 돈가스를 어떤 각도로 잘라야 하나 머릿속으로 계산했다. 틈틈이 시고 단 소스를 듬뿍 묻혀 얇은 고기를 튀긴 돈가스 맛을 봤다. 채 열 살이 되지 않았던 우리는 장난을 치며 시시덕거렸다. 웃음은 오래가지 않았다. 나는 돈가스 그릇을 바닥에 떨어뜨렸다. 짝 하는 소리와 함께 그릇이 깨지고 잘게 썬 돈가스가 사방에 흩어졌다. 먹지 못한 돈가스는 어쩔 것이며 깬 그릇은 또 어쩔 것인지 겁이 났다. 한 살 어린 동생은 내가 실수를 했다는 것이 우스웠던지 참지 못하고 웃음을 터뜨렸다.

그때 아버지의 큰 손이 동생을 덮쳤다. 공기를 찢는 타격음이 연이어 공기 중을 갈랐다. 형이 실수를 했는데 어찌 동생이 웃느냐고 아버지가 화를 냈다. 아버지는 돈가스의 몇 배가 되는 돈을 접시 값으로 냈다. 점원은 얼떨결에 큰돈을 손에 쥐고 멍하니 우리를 바라봤다. 가게 문을 차듯 밀고 나가는 아버지의 너른 등이 맹수의 뒷모습 같았다. 나는 차라리 내가 뺨을 맞았으면 좋았을 것이라고 생각했다. 미안한 마음에 동생을 바라볼 수 없었다. 그리고 남기고 온 돈가스가 떠올랐다. 나는 생각

자란 나는 아버지를 이해할 수 있다.

몇 푼 안 되는 외식 한 번에도

여러 번 망설여야 했던 어려운 나날,

깨진 그릇에 날아간 어려운 결심,

낭패감과 그 뒤로 찾아온 자괴감.

했다. 언제 다시 돈가스를 먹을 수 있을까? 언제 아버지의 화가 풀릴까?

나는 어릴 적부터 동네에 돈가스 맛있다는 집을 찾아다녔다. 어머니가 도시락 반찬으로 돈가스를 싸주면 아침부터 신이 났다. 시간이 지나 식고 눅눅해져도 돈가스는 돈가스였다. 아는 척을 하느라 친구들이 돈가스라고 하면 "돈가스는 일어고 커틀릿cutlet이 맞는 말이야"라고 지적하기도 했다. 어른이 되어 제대로 요리 공부를 하면서 돈가스와 커틀릿은 엄연히 다른 음식이라는 것을 알게 됐다. 커틀릿은 본래 유럽 음식이다. 밀가루, 달걀물, 서양식으로 빻은 마르고 잔 빵가루를 입혀 버터나 기름에 지지듯 구워 내는 것이 커틀릿 조리법이다. 재료도 보통 돼지고기가 아니라 연한 송아지 고기를 얇게 저며 쓴다. 커틀릿이 일본으로 전해지면서 맛도 조리법도 변했다. 마르고 잔 빵가루 대신 물기가 많고 입자가 큰 일본식 빵가루인 판코パン こ를 쓰고 수프와 빵 대신 미소장국과 밥이 나왔다. 주재료는 돼지고기로 바뀌었고 조리하는 방식도 팬에 지지는 것이 아니라 기름 솥에 튀겼다. 어렸을 적 먹던 경양식 돈가스는 커틀릿과 일본식 '돈카쓰豚カツ'의 중간쯤이다.

돈가스의 최첨단을 맛보러 일본도 자주 다녔다. 복지 않은 참기름을 다른 기름과 일정한 비율로 섞어 발화점을 높이고 고소한 맛을 극대화하는 기법은 웬만한 돈가스집 어디에서나 쓰고 있다. 참기름의 높은 원가 덕분에 돈가스 값도 비싼 것은 맛을 위해 감당해야 한다. 어느 집은 140도 언저리 되는 비교적 낮은 온도에서 돈가스를 오래 튀겨 부드러운 질감을 얻고, 또 어떤 집은 높은 온도에서 빠르게 튀겨 바삭한 식감에 방점을 찍는다. 돼지고기 속을 살짝 핑크빛 돌게 익히는 것은 유행축에도 들지 않는 기본기다. 또 하나 일본에서 특히 로스가스 즉 등심 돈가스를 먹으면 한국 것과 맛이 크게 다른데 이유는 돼지 성형 방법 때문이다. 한국은 등 쪽에 붙은 지방을 걷어내고 일본은 그대로 살려놓는다. 때문에 한국은 로스가스라도 퍽퍽하고 일본은 부드러우며 기름진 맛이 돈다.

나는 지금도 세상의 모든 돈가스를 좋아하며 또 여전히 예전 경양식풍 돈가스에 마음을 뺏긴다. 옛 범일동 시절의 '스완양분식'은 그 맛을 그대로 지키고 있었다. 부산역에서 15분 거리, 슬레이트 지붕 단층 건물이 즐비한 낡은 거리에 작게 자리했던 스완양분식에는 서울 말투를 쓰는 사람이 여럿이었다. 좁은 주방에는 고기를 튀기는 아버지와 그릇을 씻는 아들, 밥을 푸는 어머니와 손님을 맞는 며느리가 보였다. 마치 4인조 밴드처럼 합이 착착 맞는 그들이 내놓은 돈가스는 두툼했고 접시를 가득 채울 만큼 넓었다. 분명 토마토 소스와 우스터 소스를 같이 넣고 졸여 만들었을 소스는 시고 달콤했으며 진하고 부드러웠다. 나를 그토록 오래 이끌던 맛이었다.

소스를 핥아먹듯 비우고 나왔을 때 미지의 방정식을 푼 것 같은 기분이 들었다. 한편으로는 이십여 년 전 성난 아버지를 뒤따라가던 시절이 떠올랐다. 자란 나는 아버지를 이해할 수 있다. 몇 푼 안 되는 외식 한 번에도 여러 번 망설여야 했던 어려운 나날, 깨진 그릇에 날아간 어려운 결심, 낭패감과 그 뒤로 찾아온 자괴감에 아버지는 화가 났을 것이다. 그 누구도 그 시간을 보상해줄 수는 없다. 그저 아버지의 마음을 알게 되고 또 닮아갈 뿐이다.

오래 알고 지낸 친구 같은,
잔치국수

하얀 소면素麵 앞에서 잠시 망설였다. 저걸 먹을 것인가? 한참 전에 삶아놓은 소면은 입에 넣자마자 툭툭 끊길 것이고, 국물로 준비한 멸치 육수는 보나마나 맹탕일 것이 분명했다. 뒷사람이 눈치를 줄 찰나, 나는 선택했다. 먹자. '결혼식엔 잔치국수'라는 레퍼토리를 떨쳐버릴 수 없었다. 생각보다 꽤 괜찮은 멸치 육수였다. 쓴맛 없이 은근히 달고 간도 적당했다. 소면에 탄력 없음을 누구에게 탓할 것인가? 많은 인원을 그 단가에 먹이려면 어쩔 수 없는 선택이었다. 고집 없는 소면이 목구멍으로 넘어갈 때, 그 부드러움에 세 시간 남짓 열차를 타고 온 여독이 풀리는 것만 같았다.

"괜안나?"

퉁명스러운 듯, 부끄러운 듯 툭 던지는 말투에 고개를 드니 A였다. 옆에는 띠동갑 어린 신부가 활짝 웃고 있었다. 신랑인 A의 웃음이 오히려 더 수줍어 보였다. A가 나에게 전화한 것은 몇 주 전이었다.

"바쁘면 안 와도 된다."

전화기 너머로 들리는 굵은 목소리에 나는 짧게 답했다.

"미쳤나. 내가 왜 안 가노. 갈게."

언제나 그런 식이었다. 고등학교 시절, 나를 부르는 것은 늘 A였다.

"집에 가자!"

사직구장이 보이는 고등학교. 밤 10시 30분, 야간 자율 학습이 끝나는 시간이면 늘 나를 부르는 소리가 들렸다. 이제 같은 반도 아니었거늘 A는 나를 부르려 늘 학교를 나가는 아이들 틈을 거슬러 우리 반에 왔다. 몸에 차오르는 혈기를 오직 책상머리에만 쏟아 부어야 하는 고3 시절 A는 유일한 친구였다. 수능이 다가올수록 마음의 여유를 잃었고 그럴수록 더 외로웠다. '어떻게든 되겠지' 하는 체념 아닌 체념으로 책만 보던 나날이었다. 그때 A가 있어서 덜 외로울 수 있었다. 고등학교를 졸업하고도 10년 후, 영국의 시골에서 홀로 국수를 먹으며 두고 온 친구 얼굴을 떠올렸다.

"천천히! 한쪽으로, 천천히!"

늘 인자하던 학교 선생님은 그날따라 유난히 엄격했다. 서른 즈음 회사를 그만두고 떠난 요리학교에서 영국의 봄날 한가운데 배운 요리는 '콩소메Consommè' 수프였다. 소고기와 당근, 양파, 파, 토마토 등 고기와 채소를 썰어 소고기 육수에 넣고 허브와 함께 약한 불에 끓이다 달걀흰자를 부어 한쪽으로 저어주면서 불순물을 제거하면 맑디맑은 국물이 나왔다. 여기에 셰리주(와인에 브랜디를 더해 도수를 높인 스페인 술)를 살짝 부어 향을 내면 그것이 콩소메 수프였다.

학교에서 가져온 콩소메 수프는 여전히 투명했다. 한인 슈퍼마켓에서 산 소면을 삶고 수프를 부은 다음 얇게 썬 파를 올렸다. 수프 1리터를 얻느라 재료 2킬로그램을 쓴 수프는 빽빽한 숲처럼 향이 짙었고, 간이 살짝 느껴지는 하얀 면의 촉감은 고양이의 발바닥처럼 부드러웠다. 나는 '프랑스식 육수로 만든 잔치국수'를 먹으며 혼자 있는 또 다른 하루를 보냈다.

그러나 오해하지 말길. 잔치국수는 이름에서 볼 수 있듯이 외로운 음식이 아니다. 대신 무언가를 축하하는 흥겹고 귀한 음식이다. 국수라는 음식 속성이 원래 그렇다. 쌀을 주식으로 하는 한반도에서 밀은 귀한 작물이었고, 밀을 갈아 만든 밀가루는 더더욱 그랬다. 지금처럼 국수가 흔해져 포장마차에서도 팔고 고속도로 휴게소에서도 파는, 배 주린 이가 가장 싸게 먹을 수 있는 음식이 된 것은 최근 일이다.

알고 보면 이 소면은 일본 것. 조선시대에는 왜면이라고 부르기도 했다. 대구에 기반을 둔 가장 오래된 국수 회사 '풍국면'은 역사가 1933년으로 일제강점기까지 거슬러 올라가니 근본을 따지자면 우리 것으로 보기는 어렵다. 잔치국수의 연원이 비록 일제강점기지만 그 이후 이 땅에서 많은 이의 허기를 달랜 것 역시 명백한 역사. 그 역사는 지금도 이어져 잔치국수는 그 이름에 걸맞지 않게 여전히 값은 싸고 양은 복되다.

만드는 법은 간단하다. 다시마와 무, 버섯 등을 넣고 국물을 우린다. 단맛에 방점을 둘지 아니면 간간하고 심심한 맛을 낼지는 취향을 따를 뿐 낫고 그른 것은 없다. 면은 끓은 물에 한소끔 삶고 찬물에 씻는다. 그래야 면이 쫄깃해지고 면에 붙은 전분기도 빠진다. 다시 면을 뜨거운 물에 살짝 데친 뒤 물기를 빼 그릇에 담는다. 다른 모든 면 요리처럼 면발에 남은 물기를 완전히 빼야 입안에서 면과 국물이 헛돌지 않는다. 면 위에 국물을 슬며시 붓고 달걀지단이나 볶은 버섯이나 애호박, 혹은 김 가루 등을 고명으로 올리면 뚝딱 한 그릇이 완성된다.

전국에 유명한 잔치국수집은 또 널리고 널렸지만, 삼각지역 근처 '옛집'은 사연이 남다르다. 번듯한 주차장도 있는 이 집에 들어서면 유난히 깨끗한 실내와 주방에 놀라게 된다. 유부 몇 개, 다시마와 파채가 올라간 잔치국수 맛은 여느 잔치국수와 크게 다르지 않다. 그럼에도 뭔가 다르다. 은은히 마음을 가라앉히는 차분한 기운. 여수에서 올라온 멸치와 다시마를 은근히 끓여 만든 국물을 마시고, 잘 삶아내 목구멍을 간지럽히는 얇은 면을 씹어 삼키며 나는 생각했다. 3,000원밖에 하지 않는 국수 한 그릇. 그 한 그릇에 내 몸 저 밑에서부터 차오르는 온기의 정체는 무엇일까? 이 집의 유명한 사연을 떠올리니 그 연유가 마음에 그려졌다. 사업이 망해 노숙자 신세가 된 한 남자가 이 집 국수를 먹고 돈이 없어 도망칠 때, 이 집 주인 배혜자 할머니는 이렇게 소리쳤다고 한다.

"그냥 가! 뛰지 말고. 넘어지면 다쳐!"

그 사연을 듣고 떠오르는 시 한 구절이 있다.

천주교 수위 시절 / 밤중에 수녀관 담에서 / 나를 부르던 찬

모 아줌마 / … / 사랑의 원천은 그렇게 나를 / 부르는 소리 같은 것이라

_장영수, 〈묵상〉 중에서

남자는 파라과이로 이민 가 결국 성공했고 사연은 우연히 방송을 타게 된다. 잔치국수란 음식의 역사를 살펴보면 이렇게 눈물 나게 찡한 것이 한가득하다. 그래서 이 음식은 마치 오래 알고 지낸 친구 같고 이름만 봐도 애틋하다. 그리고 저 시처럼, 나를 먼저 늘 불러주던 A, 늘 묵묵히 혼자 울고 사람들과 같이 웃던 그는 이제 한 가정의 가장이 되었다. 나는 그 좋은 날, 친구에게 바보처럼 "축하한다"고 밖에 말해주지 못했다. 내가 치른 국수 값이 너무나 적게 느껴진 날이었다.

위로가 필요한 나날이 계속될수록,
미역국

'늘'이라고 하면 과장이겠지만 '자주'라고 말하는 것에는 양심의 가책이 없었다. 그만큼 미역국을 자주 먹었다. 어머니가 미역국을 좋아했기 때문이다.

"내가 너를 낳고 병원에 누워 있을 때 너희 할머니가 미역국을 끓여주셨어. 그게 정말 맛있는 거야. 아직도 그때 미역국이 생각나."

어머니는 미역국을 한 솥 끓이고 나면 나를 낳고 먹었던 미역국 이야기를 하곤 했다. 거대한 양의 미역국을 변호하기 위한 것인지, 정말 당신이 미역국을 좋아하는 것인지, 아니면 우리도 미역국의 참맛을 꼭 느꼈으면 하는 바람에서인지는 알

수 없다. 그러나 저 말을 할 때 어머니 표정은 내가 절대 정확히 알 수 없는 출산의 아픔과 기쁨을 추억하는 듯 울음과 웃음이 밤과 낮의 경계처럼 섞여 있었다.

어머니는 꼭 "난 미역국이 제일 좋더라"는 말도 덧붙였다. 나도 어머니처럼 미역국을 좋아한다. 단지 나는 마치 김유정의 단편 〈동백꽃〉에 나오는 점순이처럼 속으로는 좋아했지만 겉으로 심드렁했을 뿐이었다. 미역국은 삼겹살이나 장어처럼 '오늘은 삼겹살에 소주 한잔해야겠네'라든가, '오늘은 장어 먹고 힘내자'처럼 특별히 생각나거나, '와! 미역국이다. 엄마 최고!'라며 반길 만한 음식은 아니었다. 그보다는 어느 날 집에 가보면 가스레인지 위에 큰 냄비가 올라와 있고 냄비 뚜껑을 열어보면 미역국인 식이었다.

미역국을 '발견'하는 때는 정해져 있었다. 백이면 백, 그런 날은 휴일 점심이었고, 집에는 아무도 없었다. 어머니가 어디에 있는 건지 알지 못했다. 머리는 산발이고 눈곱은 아직도 제자리, 속도 정신도 제 상태가 아니었다. 이때 나를 구원하는 것은 미역국이었다. 미역국을 솥에서 떠 담는다. 전기밥솥에 바닥을 보이며 남은 밥을 긁어모아 신김치와 함께 훌훌 말아 먹는다. 보들보들한 미역은 술기운이 남아 까슬까슬해진 입맛에도 잘 넘어갔고 순한 국물은 헝클어진 속을 보듬어주었다. 호화로운 반찬은 필요 없었다. 적당한 신김치는 조금 밋밋하다 싶은 미역국에 딱 맞았다. 먹다 보면 국물에 김칫국물이 빨갛게 번져갔다. 나쁜 기운이 빠져나오는 듯 이마에 땀이 방울방울 맺혔다. 후루룩 쩝쩝. 입맛을 다시며 마지막 국물까지 후루룩 마셔버리면 나의 해장은 말끔하게 끝이 났다(이제 다시 나가볼까?).

미역국 끓이기는 쉽기도 참 쉽다. 먼저 찬물에 미역을 불려 놓고 쇠고기를 참기름에 들들 볶는다. '이 정도면 됐다'는 느낌이 들 때쯤 먹기 좋게 썬 미역을 넣어 초록빛이 돌도록 잘 저어준다. 거기에 미역 불린 물을 넣어 보글보글 끓이다가 간장과 소금으로 간을 하면 미역국이 된다. 취향에 따라 마늘 한두 톨 넣어도 되고 안 넣어도 되고, 그래도 파는 넣지 말고, 궁합이 안 맞으니까, 파란 것은 미역으로 충분하다. 아깝지만 억센 줄기는 골라서 빼고, 투명하도록 잘 익은, 얇고 부드러워서 살살 녹을 것 같은 이파리만 골라 옮겨 담으면 간단하게 한 상이 된다.

정작 어머니는 미역국의 대표 주자라고 할 만한 쇠고기 미역국은 잘 끓이지 않았다. 그보다는 전날 닭백숙을 해 먹고 남은 닭 육수를 썼다. 맛있고 가격도 저렴하며 게다가 재활용의 미덕도 갖췄던 그 미역국. 가끔 남들처럼 쇠고기로 끓인 미역국이 먹고 싶다고 불평을 하긴 했지만 닭 육수로 끓인 것도 나쁘지 않았다. 이처럼 미역이란 놈은 까다롭지 않아서 무엇을 넣든 맛이 난다. 별것 없이 멸치 육수만 내어서 끓여도 되고, 홍합이나 조개를 넣어도 된다. 바다에서 난 것들로 미역국을 끓이면 원래 출신이 같은 녀석들이라 그런지 보통 이상의 맛을 낸다. 제주도에서처럼 성게나 우럭을 넣어 끓이면 한 끼니가 호화스러워진다.

꼭 고기로 육수를 내거나 해산물을 넣지 않아도 된다. 군대에 있을 때 경상도가 고향이었던 조리장은 들깨를 갈아 미역국에 넣곤 했다. 미역국에 들깨의 고소하면서도 진한 향내가 가득해서 마치 보약을 먹는 것 같은 느낌이 들었다. 얼굴에 검붉고 기미 같은 잡티가 가득했으며, 부리부리한 눈으로 크게 말하고 크게 웃었던 하사 조리장은 "내 살던 고향에서는 미역국을 이렇게 해 묵으따"며 하얀 이를 씩 내보였다. 그러고는 옆에서 "맛있제? 맛있제?"라며 거듭 물었다. 나는 "와, 정말 맛있습니다!"라며 진심 반에 액션 반을 섞어 답했다. 그는 "내가 군대 제대만 하면 요리 안 한다"고 자주 투덜댔는데 과연 그

화려한 케이크도 아닌
겨우 미역을 넣어 끓인 국 하나에
탄생을 축하하고 또 위로받는다는 것이
새삼스럽게 느껴질 때가 있다.

바람을 이루었는지 궁금하다. 반면 서양에서는 미역을 잘 먹지 않는다. 파인 다이닝에서는 적극적으로 해초류를 쓰는 반면 아직도 그쪽 '일반인'들은 해초를 먹는다는 것에 거부감을 갖고 있다. 일식이 동아시아를 넘어 전 세계에 유명해진 것이 오래고 덕분에 '노리nori'라는 일식 이름을 가진 김 역시 어디서든 흔히 볼 수 있지만, 여전히 미역은 지극히 한국적이고 일본적이다. 미끈미끈한 미역의 식감은 서양인들이 쉽게 극복하기 힘든 것 같다. 외국에서는 한인 마트나 일본 식재료 전문점이 아니면 미역을 구경조차 못하는 것도 다 그 때문인 듯싶다. 덕분에 외국에서 미역국을 먹은 기억이 별로 없다. 홀로 생일을 맞을 때 "미역국은 챙겨 먹었느냐"며 신경 써주는 친구가 여럿 있긴 했지만 생일과 미역국을 연결해서 생각해본 적이 별로 없어 미역국 때문에 쓸쓸해진 적은 없다. 나이에 숫자가 더해질수록 생일을 축하해야 한다는 생각도 줄어든다.

그러나 화려한 케이크도 아닌 겨우 미역을 넣어 끓인 국 하나에 탄생을 축하하고 또 위로받는다는 것이 새삼스럽게 느껴질 때가 있다. 무엇하나 거스르지 않고, 옳다고 주장하지 않는다. 물의 흐름에 올라타서 가볍게 몸을 흔들고 향기로운 진액을 조금씩 흘려낼 뿐이다. 태어났다는 일에 축하받기보다는 위로가 필요한 나날이 계속될수록, 부모가 살아온 삶을, 나를 낳고 키운 삶을 알아갈수록.

애잔하고 씁쓸한 삶의 맛,
유니짜장

엉덩이가 아플 정도로 버스를 탔다. 버스 맨 뒷자리에 앉아 사람들이 타고 내리는 것을 지켜봤다. 혹시나 버스 정류장을 놓칠세라 잠도 잘 수 없었다. 한 시간 넘게 지났을 때, 어머니가 종이에 적어준 정류장 이름이 들렸다. 동생 손을 붙잡고 버스에서 내렸다. 높이 솟은 굴뚝이 듬성듬성 서 있었고 기름때 묻은 작업복 입은 남자들이 할 일 없는 짐승처럼 어슬렁거렸다. 아버지가 구두 가게를 접고 새로 시작한 당구장은 낡은 상가 건물 2층이었다. 1층 중국집 간판이 허공에서 달랑거렸다. 당구장 문을 열고 들어가자 담배 연기가 자욱했다. 담배를 문 사내들이 우리 형제를 쳐다봤다. 당구장 계산대 작은 의자에 앉아 콜라를 마셨다. "앗!", "아깝다!"와 같이 사정을 알 수 없는 추임새를 들으며 한나절을 보냈다. 배가 고파왔다.

"밑에 중국집 가서 밥 시켜 먹고 있어. 당구장에서 왔다고 하면 돼."

중국집의 떨어질 듯한 간판을 생각하니 허기가 가셨다. "밑이요?"라고 되물었지만 "응, 거기"라는 간단한 답이 되돌아왔다. 어둑한 당구장 계단을 내려갔다. 문 열기도 겁이 나는 중국집의 앙상한 철문 앞에서 한참을 서 있었다. 용기를 내 문을 여니 탁자 몇 개가 놓였고 선풍기 한 대가 탈탈거리며 돌았다.

"어디서 왔노?"

인기척을 느꼈는지 한 사내가 주방에서 빠져나와 말을 걸었다. 키가 작고 얼굴이 그을렸으며 앞니 하나가 빠진 중국집 주방장이었다. 당구장에서 왔다는 말에 그는 우리를 탁자 앞에 앉혔다. 당구장 주문이 워낙 많으니 자연스럽게 VIP 대접을 받았다. "뭐 먹을래?"라는 말이 뒤이었다. 잠시 침묵했다.

"짜장면 안 좋아하나? 느그들 유니짜장이라고 먹어봤나? 그게 맛있다. 기다리봐라. 후딱 해줄게."

남자는 혼자 묻고 답하며 주방 안으로 들어갔다. 척 척 중화 냄비 돌리는 소리가 들렸다. 홀 안으로 고소한 짜장 냄새가 새어 들어왔다. 몇 분 뒤 사내는 김이 모락모락 올라오는 유니짜장 두 그릇을 들고 왔다. 고기를 갈아 넣었다는 뜻의 유니짜장은 말 그대로 고기 간 것과 채소 잘게 다진 것을 춘장과 함께 볶아낸 짜장의 한 종류다. 매번 걸쭉하게 비빈 짜장면만 먹다 맞이한 유니짜장은 새로운 맛이었다. 무엇보다 주방의 열기가 담긴 짜장면은 배달로 먹는 것과 완전히 다른 종류였다. 식고 불어버린 배달 짜장면에는 힘도 목소리도 없었다. 그러나 바로 볶아 나온 짜장면은 나무에서 갓 딴 과일처럼 살아 있었다. 생동하는 향은 살아 꿈틀거리는 뱀처럼 콧속을 파고들었다. 재료를 잘게 다져 볶아낸 유니짜장은 더욱 고소했다. 잘게 썬 재료는 혀를 집요하게 자극했고 갈린 고기는 묵직한 맛을 냈다. 사내는 홀린 듯 짜장면을 먹는 우리를 빤히 지켜봤다. 그는 잠시 후 빈 그릇을 보며 누런 이를 보이며 환하게 웃었다. 그리고 말했다.

"또 먹을래?"

아버지는 이후 자리를 한 번 옮겨가며 당구장을 계속했다. 나는 당구장집 아들인 만큼 짜장면 먹는 사람도 많이 봤다. 개중에 가끔 유니짜장을 시키는 이가 있었다. 그러면 그이가 달라 보였다. 유니짜장은 아는 사람만 시키는 중국집의 비밀 같았다. 비밀일 것은 없지만 메뉴판에서 자주 볼 수 없는 이유는 간단하다. 고기야 간 것을 사 쓰면 된다. 그러나 채소를 일일이 다지기에 품이 많이 든다. 유니짜장이 일반 짜장에 비해 비싼 값을 받는 이유다. 그런데 유니짜장 잘하는 집은 많지 않다. 일단 취급하는 집이 소수다. 짜장이란 음식 자체의 특성 때문이다. 흔히 중국집이 잘하는지 알려면 짜장면을 시키라고들 한다. 짜장면 조리법이 어려워서 그런 것이 아니다. 짜장면의 맛 자체가 정의하기 힘들기 때문에 말로 설명하고 바로잡기가 어려워서 그렇다.

짜장면 잘하는 집을 돌아다니던 시절도 있었다. 부산엔 보수동 '동화반점', 동광동 '화국반점'이 손꼽히고 서울로 올라오면 명동의 '일품향'이 가볼 만하다. 그중 명동 일품향에 가면 정답과 같은 유니짜장이 기다리고 있다. 단맛이 얌전한 고양이처럼 조용히 밑에 깔리고 짠맛은 그 위로 슬며시 발길을 올렸다. 고소한 맛이 진득한 질감을 타고 뭉텅이로 전해지면 남는 것은 입가에 까만 흔적뿐이다. 재료를 다듬는 정성이 탄탄한 기술을 만나고 생계라는 추진력에 올라탔을 때, 음식은 세금처럼 늦지 않게 또박또박 나오며 종업원들은 경주마처럼 홀을 가로지른다. 회사원이 대부분인 손님들은 혹시나 까만 자국이 하얀 셔

츠에 떨어질까 조심조심하면서도 그 맛이 이끄는 힘을 이겨내지 못한다. 허겁지겁 그릇을 비우고 길거리에 하나둘 모여 담배를 피우는 그들을 보노라면 애잔하기도 혹은 씁쓸하기도 하다. 맛을 느끼기는 한 걸까, 맛을 음미하길 바라는 마음조차 사치스러운 걸까, 그들처럼 몸에 짜장면을 밀어 넣는 나는 또 뭐가 다른 삶을 사는가?

어릴 적 나에게 유니짜장을 만들어준 사내를 보며 들었던 서늘한 마음도 비슷한 연유에서 나온 것이리라. 유니짜장을 처음 먹고 얼마 후 나는 중국집이 아닌 아버지의 당구장에서 그 사내를 보았다. 그는 혼자가 아니었다. 갓난아이를 포대에 메고 두 아이를 양손에 이끌고 있는 한 여인과 함께였다. 단골 당구장에 매상이라도 올려주겠다는 심산이었을 것이다. 그는 아버지와 몇십 분 당구를 치더니 값을 치르고 나갔다. 아버지는 조금 더 치고 가라며 그를 붙잡았으나 그는 또 이를 드러내며 손사래를 쳤다. 그의 등 뒤로 네 식구가 따라나섰다. 나는 그 작은 뒷모습을 이유 없이 오래 바라봤다.

어중간한 삶은 쓸쓸하니까,
매운 맛과 순한 맛

날이 춥고 속이 헛헛할 때, 하늘은 흐리고 바람은 찰 때, 상사는 이유 없이 예민하고 부하 직원은 내가 화난 이유를 모를 때 매운 음식이 당긴다. 발걸음이 닿을 곳은 정해져 있다. 광화문과 종각 사이, 옛 이름은 무교동, 지금은 남대문길, 종로길로 다르게 부르는 그곳, 예전에는 죄인들의 목을 베던 곳이라지만 지금은 하늘 높은 줄 모르고 방자하게 높이 솟은 빌딩과 사람, 사람, 사람, 또 그 사람들을 먹이는 식당들이 있다. 식당들의 군락 속에 빨갛게 방점을 찍는 낙지볶음집은 여럿이니, 어느 곳을 가든지 세계에서 손꼽히게 매운 음식을 먹을 수 있다. 나는 무교동 언저리에만 가도 입에서 침이 돌고 속이 가볍게 아려온다.

무교동을 꽤 다녀본 자로서 말하자면 집마다 맛은 조금씩 다르나 취향의 다름이지 우열의 가름은 아니다. 우연과 필연의 가닥 속에 한 집을 선택해 문을 열고 들어가면 하나같이 비슷한 풍경이다. 머리를 짧게 치고 꼬들꼬들 라면 가락처럼 볶은 아주머니 몇이 지배하는 홀에는 옹기종기 앉은 사람들이 벌겋게 상기된 얼굴에 손부채 질을 할 것이고, 여기저기서 "단무지 좀 더 주세요", "소주 한 병이요" 하는 외침이 터져 나오고 있을 것이다. 그들의 목소리에서 고통과 그만큼의 쾌락이 전해지거든 당신은 제대로 된 집을 찾은 것, 이제 남은 것은 스스로를 희열과 괴로움의 도가니에 던져 넣을 용기다.

메뉴판은 간결하다. 뭇별들이 태양을 바라보며 돌듯, 무교동 낙지볶음집의 메뉴판은 낙지볶음의, 낙지볶음에 의한, 낙지볶음을 위한 것들뿐이다. 이것으로 끝인가? 아니다. 음양陰陽의 조화처럼 하나가 더 필요하다. 앙증맞은 조개들을 때려 넣은 조개탕 없이 무교동에서의 한판 승부는 시작할 수 없다. 하얀 국물이 뽀얗게 우러난 국물은 온순하고 평화롭다. 거의 비슷한 시간에 당도한 낙지볶음을 바라보니 이곳은 피가 난무하는 전쟁터다. 낙지는 사지가 절단되어 빨갛다 못해 이글거리는 고춧가루 양념에 뒤덮여 있다.

"아, 맵다!"

이 한마디 없이는 도저히 먹지 못할 낙지볶음, 그 독한 것을 먹다 보면 우리는 서로의 얼굴을 마주보며 울고 또 울고 땀까지 흘리다가 종국엔 아린 속을 붙잡고 식당을 빠져나온다. 영화로 치자면 하드보일드 치정극이요, 세계사적으로 보자면 헬hell이 접두사로 쓰이는 열정 공화국 대한민국을 대표하는 음식이라 할 만하다.

무교동을 마스터했으면 이제 당도해야 할 곳은 오장동이다. 고구마 전분으로 만든 쫄깃한 면발이 자작한 간자미 국물에 얹혀 나오는데, 매콤 새콤달콤하면서 은은히 구수한 맛이 난다. 체면 차리지 않고 입으로 쭉쭉 면을 잡아당기면 입안에서는 면발이 꼬물꼬물, 비릿하고 아릿한 것들이 하나가 되어 입과 식도, 위장을 따라 흘러내린다. 그때 나는 이 땅에서 나고 자랐다는 것을 실감한다. 이 좁은 땅덩어리를 떠나 이국땅에 있을 때 가장 생각나는 것이 바로 매콤한 함흥냉면이었다.

내가, 당신이, 우리가 이토록 매운 음식을 즐기는 이유는 무얼까? 사료를 찾아보면 예전 사람들은 지금처럼 매운 것을 즐기지 않았다. 몇십 년 전만 해도 짬뽕도 하얀 것밖에 없었다.

불 맛 나는 짬뽕이란 최신의 것이다. 빨간 김치도 그렇다. 1924년 조리책을 보면 맨드라미로 붉은색을 내라는 설명이 나올 정도로 고춧가루는 귀한 것이었다. 1970년대에는 포기당 28그램, 그러던 것이 2000년에는 포기당 71그램으로 늘었다. 살기 어려운 이 땅, 자살률이니 빈부 격차니 하는 자랑하고 싶지 않은 지수는 늘 일등, 그 '열불 나는' 것들을 보고 있으면 똑같이 '열불 나는' 것을 위장에 채워 넣어야 겨우 견딜 만하다.

하지만 살기가 아무리 퍽퍽해도, 늘 매운 것만 먹고 살 수는 없다. 몸이 아픈 날, 어느 것 하나 소화가 되지 않아 끙끙 앓다 보면 흰죽 생각이 아련하다. 물에 불린 쌀을 절구에 콩콩 빻아서 참기름에 달달 볶다가 물을 조금씩 넣어서 잘 저어준다. 찬찬히 서두르지 않고 불 앞에 서서 시간을 두고 익히면 흰죽이 된다. 맑은 조선간장 몇 방울 떨어뜨려 간을 하면 거친 입안에서도 은은히 달고 고소하다.

하얀 눈이 내리면 빨간 낙지볶음만 당기는 것이 아니라 눈을 닮은 맛이 나는 맑은 사케에 절로 입이 간다. 추운 겨울날, 따끈히 데운 잔에 튀긴 복어 지느러미를 넣어 나른히 비릿한 맛이 나는 히레사케는 물론이요, 작은 잔이 어울리는 아릿하게 맑고 차가운 것도 좋다. 흰쌀을 깎고 또 깎아 하얀 중심만 남기고 50퍼센트 이상 깎아낸 다이긴조는 입안에 탁 털어 넣으면 무섭게 시퍼런 하늘이 나를 덮치고, 박하사탕처럼 청량한 바람이 나를 감아 돌며, 저 멀리에서는 그 바람에 실린 벚꽃 향이 하늘거리는 듯하다.

오후만 있는 일요일, 이렇게 흰죽같이 순한 것들이 사무치게 그립다가도, 식도까지 뜨거운 독주, 천천히 마시기 힘들어 한 번에 털어 넣어야 하고, 몇 잔 마시면 정신이 핑 도는 것, 휘청거리는 발걸음, 빠르게 달리는 택시와 붉은 빛을 깜빡이는 간판, 밀도 깊은 공기가 간절해질 때가 있다. 마치 무교동 낙지볶음 한 젓가락 다음은 뽀얀 조개탕 한 숟가락이듯, 무덤덤한 하루를 지탱하는 순한 것들과, 그 순한 것들을 더욱 순하게 만드는 독한 것들 사이를 나는 분주하게 오고 간다.

그 분주함 속에 다시 찾아온 오늘, 기어코 찾아올 내일, 그사이 내가 먹는 것이 나를 만드는 것이라 생각하며 한 숟가락을 목구멍으로 넘긴다. 문득 궁금해진다. 같은 하늘을 지고 사는, 저 멀리, 혹은 가까이에서 숨 쉬는 당신, 당신이 씹어 삼키는 작디작은 한 숟가락에 담긴 세상은 어떤 세상인가? 신경 써본 적 없다고, 배만 부르면 된다고 말하지 말길. 독하지도 순하지도 않은 어중간한 생은 추억 없는 인생처럼 너무 쓸쓸하니까.

결국 돌아오게 되는 엄마의 맛, 비빔국수

봄에는 천하무적이었다. 특히 식목일 직전에 열리는 시범 경기는 '이렇게 잘해도 되나' 싶을 정도였다. 걱정은 늘 현실이 되었다. 한철 피고 지는 벚꽃처럼 부산 자이언츠의 순위는 기온이 올라갈수록 급격한 하강 곡선을 이뤘다. 어릴 적 야구 구단 따위는 개개인의 취향에 따라 선택할 수 있다는 것을 몰랐다. 한반도에서 태어나면 한국인으로 살아야 하듯 부산에 살면 당연히 부산 자이언츠를 좋아해야 하는 것이라고 여겼다. 아마 지금처럼 그 사실을 알았다면 애초에 승률이 좋은 다른 팀을 골랐으리라. 그랬더라면 정규 리그 우승도 한 번쯤은 해보지 않았을까?

그때도 이런 기대로 봄을 시작했다. 어린 나는 거의 매일 헛된 꿈을 품고 텔레비전 앞에 죽치고 앉아 9회를 꼬박 채웠다. 어머니는 나를 보며 주방에 서서 안 보이게 혀를 찼다. 허망한 패배에 끌탕을 하고 있으면 어머니는 한겨울을 나고 남은 김장김치를 잘라 양념을 묻혔다. 작은 가스레인지 위 큰 냄비에는 물이 끓고 있었다. 잠시 뒤에는 큼지막한 대접에 빨간 비빔국수가 담겼다.

어머니의 비빔국수는 다른 집 것과 달랐다. 신맛과 단맛, 매운맛의 균형을 잡아 맛을 내는 여타 비빔국수와 달리 매서운 직구처럼 매운맛이 강했다. 김치를 듬뿍 넣고 고춧가루도 한껏 집어넣었다. 매운맛 뒤로 도는 묵은 김치의 신맛은 다음 젓가락을 부르는 마법이었다. 양파도 송송, 땡고추라고 부르는 매운 고추를 더 썰어 넣었다. 나는 매운맛 영재 교육이라도 받듯이 매운 비빔국수를 입에 밀어 넣었다. 얇은 소면이 뱀처럼 혀를 감쌌다. 고춧가루가 독처럼 신경을 자극했다. 눈물이 나고 땀이 흘렀다. 나는 기어코 "매워, 매워!"를 외치며 혀를 내밀고 냉수를 몇 잔 들이켜게 마련이었다.

나보다 더 큰 그릇을 앞에 둔 아버지는 "누구 닮아서 매운 걸 못 먹나"고 약을 올렸다. 마치 사내라면 당연히 매운 음식을 잘 먹어야 한다는 것 같았다. 나는 질세라 그릇 바닥에 붙은 양념까지 긁어가며 비빔국수를 먹었다. 매워서 몸을 가누지 못할 정도가 되면 어머니는 따로 달걀프라이를 부치곤 했다. 고소하게 기름기가 도는 부친 달걀 몇 점을 먹으면 매운맛이 그나마 조금 가셨다. 정신이 쏙 나갈 정도로 매운 비빔국수를 먹고 나면 야구 생각은 사라졌다. 그깟 야구, 그래봤자 공놀이라는 꽤 어른스러운 생각도 하면서.

나이가 든다고 야구를 끊을 수는 없었다. 순위가 초저공비행을 할 때 저 옛날 베드로처럼 더 이상 자이언츠 팬이 아니라고 부정했다. 그러나 지하철을 타면 남의 신문을 훔쳐보며 부산 자이언츠의 승패를 확인했다. 야구처럼 비빔국수에도 집착했다. 메뉴판에 비빔국수가 들어가 있으면 맛 경찰이라도 된 것처럼 저 비빔국수의 맛을 확인해야 한다는 강박감이 들었다. 입맛이 이렇다 보니 어렸을 적부터 시판 비빔국수는 꼭 먹어봐야 직성이 풀렸다. 그간 깨달은 노하우는 간단하다. 면을 아주 차갑게 헹군다. 수돗물의 찬물로는 성이 차지 않는다. 얼음을 넣은 찬물 정도는 되어야 면발이 제대로 식고 탄력도 살아난다. 빠른 속도로, 입안을 꽉 채운다는 느낌으로 면을 먹는다. 면은 시간과의 싸움이다. 시간이 갈수록 면이 불어 맛이 떨어진다. 개인적인 느낌이지만 빨리, 한꺼번에 많이 먹어야 맛이 더 잘 느껴지는 것 같다.

비빔국수에 대한 애착은 평양냉면집에 가서도 비빔냉면을 시키게 만든다. 평양냉면집에 가서 왜 평양식으로 물냉면이 아니라 비빔냉면을 시키냐는 질문을 들으면 "이 집에 하도 자주 와서요"라고 농담을 던진다. 이 말은 절반만 진실이다. 냉면집은 두루두루 곧잘 가지만 자주 가는 집이라고 꼭 비빔냉면을 시키지는 않는다. 이름을 날리는 평양냉면집 중에도 비빔냉면 잘하는 곳이 있고 아닌 곳이 있다. 그중 의정부 '평양면옥'의 비빔냉면은 단연 돋보인다. 편육 양념으로도 나오는 비빔양념장은 양파를 갈아 넣어 은근히 달고 매콤하다. 여기에 메밀 향이 나는 가는 면발을 비벼 먹으면 사치스러운 느낌이 날 정도다. 그래서 앞에 앉는 친구에게 물냉면을 시키도록 종용하고 나 스스로는 비빔냉면을 고른다. 물냉면을 먹지 않으면 아쉬우니 친구 것을 뺏어 먹겠다는 계산이다.

여러 곳에 지점이 있는 '망향비빔국수'도 비빔국수를 당당히 이름으로 내걸었듯이 맛에 수준이 있다. 살짝 굵은 면발을 써서 입에서 씹히는 감촉이 두껍고 그만큼 양념을 듬뿍 부어주니 입안에서 도는 맛의 균형이 단단하다. 신맛이 적고 단맛이 많아 남녀노소 무난히 좋아할 비빔국수다.

전라남도 담양의 '진우네집국수'의 비빔국수도 전국적으로 유명하다. 스테인리스 대접에 담아주는 모양새에 공력이 묻어나고 맛을 보면 전국 각지에서 관광객을 이끄는 내공이 허명이 아님을 알게 된다. 도톰한 중면은 시골 인심을 보는 것 같아 정겹고 열무와 콩나물을 어울려 먹으면 신맛과 아삭한 식감이 어우러졌다. 약물에 삶은 달걀로 마무리하고 되돌아서면 다시 생각이 난다.

격식을 차리고 싶다면 청담동의 '뜨락'에 가는 것이 낫다. 1998년 개업해 고깃집으로 오랫동안 알음알음 유명세를 타던 곳이다. 버선발로 반길 듯 나이든 찬모들의 친절한 접객이 인상적인 이곳은 비빔국수 또한 정갈하고 품격 있다. 달고 시며 혀 뒤로 입맛을 돋울 정도로 살짝 매운맛이 돈다. 곱게 채를 쳐서 올린 깻잎이 맛에 지루함을 없앤다. 고깃집의 식사 메뉴로는 아까울 정도다.

이렇게 전국을 돌며 비빔국수 맛을 봤지만 결국 되돌아오게 되는 곳은 어머니의 등 뒤다. 여전히 먹고 나면 속이 쓰려 고생을 하지만 한 그릇을 싹 비우는 것은 변함없다. 이 맛을 좇아 어릴 적부터 어머니의 비빔국수를 무던히 따라 했건만 여전히

전국을 돌며 비빔국수 맛을 봤지만
결국 되돌아오게 되는 곳은 어머니의 등 뒤다.
여전히 먹고 나면 속이 쓰려 고생을 하지만
한 그릇을 싹 비우는 것은 변함없다.

내가 하면 맛이 나지 않는다. 어머니가 해주는 비빔국수, 이런 것들은 변하지 않아도 좋다. 매해 찾아오는 봄처럼 늘 따스하고 다정한 것이다. 하지만 여전히 봄에만 잠깐 잘하는 부산 야구는 아니다. 아마 올해도 야구를 보면 속에 열불이 날 것 같은 예감이 든다. 그럼 나는 또 매운 비빔국수를 찾을 것이다. 땀은 뻘뻘, 혀는 쏙, 냉수는 필수, 달걀프라이는 옵션으로.

가깝고 싼 집이면 족했던, 돼지국밥

까다롭고 예민하다는 뾰족한 말들과 무던하고 수더분하다는 둥글둥글한 말들 사이에서 나를 표현할 단어를 선택해야 한다면 어쩔 수 없이 까다로우며 예민하다는 말을 고를 수밖에 없다. 유감스럽지만 불가피한 선택이다. 이런 성격을 가진 사람은 주위 사람들을 피곤하게 만든다. 도저히 종잡을 수 없다는 평판을 얻게 되고 대하기 어렵다는 이야기도 듣게 된다.

"됐다. 고마해라."

얼마 전 애 아빠가 된 고등학교 동창은 몇 안 되는 친구 중 하나다. 그 친구가 나에게 자주 하던 말은 '고마해라'였다. 유난 떨지 말고 그냥 되는 대로 살라는 뜻으로 해석할 수 있는 저 짧은 문장을 나는 꽤 자주 들었다. 여럿 무리를 지어 돌아다니는 것이 싫어서 새벽에 등교를 하고 남들보다 늦게 하교를 하던 나와 동행해주던 친구는 내 불평을 들을 때마다 귀찮다는 표정을 지으며 그렇게 말했다. 아무리 노력해도 오르지 않는 성적, 좀처럼 마음에 들지 않는 친구, 혹은 십 대 후반 치기 어린 사회에 대한 불만 등등, 불평할 것은 끝이 없었지만 나는 고3 수험생이었다. 어쨌든 공부를 해야 했다. 그것은 어길 수 없는 준엄한 명령이었다. 주말에도 예외가 없었다. 토요일 오후, 자율학습을 마치고 허한 가슴으로 언덕길을 내려갈 때면 친구는 이따금 이렇게 말했다.

"밥이나 먹고 가자."

뻔한 주머니 사정에 우리가 갈 만한 곳은 몇 되지 않았다. 청승맞게 남자 둘이 햄버거집에 앉아 감자튀김만 시켜놓고 시간을 때우던가 아니면 부산 시내 전역에 흔한 돼지국밥집에 가서 국밥 한 그릇 '때리는' 것만이 선택지의 전부였다. 지금도 그렇지만 돼지국밥은 유난히 값이 쌌다. 비싸봤자 3,000원대, 싼 것은 2,000원대도 흔했다. 가는 곳은 늘 같았다. 부산대 정문 근처에 있는 '진주 비봉식당'이었다. 지금은 5,000원이지만 이십여 년 전에는 2,000원 정도 하는 값에 돼지국밥 한 그릇이 나왔다. "여기가 괜찮다"는 친구의 말에 처음 가기 시작했던 집이다. 좁은 직사각형 식당 안으로 들어가면 그때나 지금이나 빨리 국밥 한 그릇 먹고 일어나려는 사람들이 대부분이다. 근래 말하는 '혼밥'은 그 시절에도 흔했다. 둘은 교복을 입고 마주 앉아 뚝배기에 머리를 박고 시끄러운 소리를 내며 국밥을 퍼먹었다. 부산 사람이면 태어나면서부터 돼지국밥을 먹을 것 같지만 모두에게 처음인 순간은 있는 법이다. 어릴 적 돼지국밥을 사 먹은 적은 없었다. 고등학교에 오면서 그 친구에게 이끌려 돼지국밥을 먹은 것이 처음이었다.

그때도 똑같이 진주 비봉식당에 마주 앉았다. 나는 국물에 밥을 말고 부추 무침을 섞어가며 맛을 봤다. 친구는 살짝 긴장한 말투로 "냄새 안 나나?"라고 물었다. "괜찮나?"라는 말도 뒤이었다. 나는 뭘 그런 걸 묻냐는 투로 "괜찮다. 맛있네"라고 답하며 국밥을 먹었다. 나의 예민함도 친구와 함께한 국밥 앞에서는 모두 오케이였다. 지금에서야 국밥 맛을 분석하고 평가하지만 그때는 돼지국밥에서 당연히 돼지국밥 맛이 날 뿐이었다. 더 나은 집이 있다고 생각하지도 않았고 그런 집을 찾아다닐 여유도 없었다. 집에서 가까운 곳에 싼 집이면 족했다.

다 커서 부산 출신이라고 말을 하면 가끔 '어디 돼지국밥이 맛있냐'는 질문을 받는다. 토박이 부산 사람은 보통 답변하기 난감해한다. 왜냐면 부산에 널리고 널린 돼지국밥집 중 맛있는 집을 찾아 굳이 먼 길을 가야 한다는 필요성을 느끼지 않기 때문이다. 유명한 집은 있다. 매스컴에서 달려오고 책에 실린 집들도 있다. 하지만 택시기사에게 물으면 답은 늘 비슷하다.

"부산 돼지국밥은 다 비슷합니더. 왜 줄을 서가지고 묵는지 모르겠네예. 다 비슷비슷한대예."

이런 말을 하며 헛웃음을 치곤 자기가 아는 집을 소개시켜 줄지도 모른다. 그러나 그 집이 최고라는 말은 하지 않을 것이다. 워낙 많은 집이 있고 그 집 모두 제각각 맛이 다르며, 그 맛이 또 일정 수준 이상이기 때문이다.

이제 전국 모두가 아는 돼지국밥은 정작 그 유래에 대해서는 의견이 분분하다. 뼈를 우려 국물을 내고 밥을 만 것이니 언제 정확히 탄생했는지 시기를 알아내는 것은 불가능하다. 돼지뼈를 우려 국물을 낸다는 점에서 제주도 고기 국수와 일본 돈코츠 라멘과 공통된 유래, 혹은 연관 관계를 추측하는 설도 많다. 그러나 돼지 뼈를 쉽게 구하고 그것으로 싼 음식을 만들 수 있게 된 것은 해방 후로 보는 것이 논리적이다. 전쟁 물자이든, 혹은 일본으로 고기를 수출하고 남은 돼지 부산물이든 간에 돼지국밥이 배고팠던 역사의 방증인 것은 변하지 않는다. 경상도 지방에서 흔히 나는 부추 무침, 경상도 사투리로 정구지를 넉넉히 곁들여 내는 것이 그나마 분명한 향토색이다.

서울 생활이 오래될수록 돼지국밥에 대한 향수는 점점 줄어갔다. 가끔 부산에 내려가도 이따금 찾을 뿐 대학 때처럼 꼭 먹어야 한다는 강박은 사라졌다. 부산 사투리가 어색해지고 애향심은 프로야구에서만 겨우 흔적을 찾아볼 수 있는 것이 아닌가 생각이 들 때 스멀스멀 울적한 기분이 든다. 세상이 변했는지 아니면 내가 달라졌는지 구분하기 힘들다. 나는 여전히 까탈스럽게 자주 분노하지만 세상에서 제일 값싼 것이 내 자존심이란 것을 깨달았다. 나이가 들수록 예민함은 무엇을 만들지 못하고 쓸모없이 화를 낳을 뿐이다. 무엇보다 슬픈 것은 그토록 바라고 그리워하던 것들을 더 이상 그리워하지 않는다는 것이다.

여름이면 늘 그렇듯,
냉면

'냉면 개시'라고 쓰인 빨간 깃발이 나부꼈다. 동네 중국집 대문 옆에 휘날리던 그 깃발을 보고서도 아무런 감흥이 들지 않았다. 냉면이 맛있는 음식이라고 생각하지 않던 때였다. 중국 음식을 먹을 기회도 흔치 않았다. 어머니가 음식을 하기 싫을 때, 몇 번이고 조르고 졸라 얻은 귀한 기회는 소중했다.

동네 중국집은 그다지 잘하는 것이 없었다. 짜장면은 밍밍했고 짬뽕은 김치찌개와 별반 다르지 않았다. 냉면도 보나 마나 했다. 어느 날 여름 굳이 고집을 부려 시켰던 냉면은 정체불명의 냉국이었다. 듬뿍 올라간 빨간색 다대기와 땅콩 소스가 불협화음을 내기 시작할 때 속으로 '이제 냉면 따위에 짜장면의 자리를 내어줄 수 없다'고 다짐했다.

살던 곳은 부산이었으니 어린 날 처음 먹었던 냉면은 밀면의 일종이었을 거다. 배고픈 사춘기 시절, 나와 친구들은 2,000원 남짓한 돈에 세숫대야만 한 그릇 가득 담아주는 밀면을 먹으러 이따금 동네 밀면집에 들렀다. 그때도 차가운 국수의 맛을 알 수 없었다.

스무 살 넘어 서울에 올라와 맞이한 냉면은 또 다른 종류였다. 번화한 사거리 큰 간판을 달고 있던 그 집에 가면 아주 가느다란 면발이 시큼한 국물에 담겨 나왔다. 만두 한 접시를 추가하면 배도 불렀다. 이때도 냉면이 맛있는지 몰랐다. 여름이니까, 그나마 입맛에 맞던 만두를 해치우고도 허한 배를 채우려 먹는 일종의 후식이었다.

군대를 다녀온 이십 대 중반, 을지로 일대를 헤매는 날이 잦아졌다. 작은 극장을 다니며 아무도 보지 않는 영화를 혼자 수집하듯 봤다. 좁은 골목들 사이로 여름이면 줄이 길게 늘어선 집들이 있었다. 그중 처음 찾은 곳은 을지로3가의 '을지면옥'이었다.

아직도 그때의 충격이 잊히지 않는다. 무미無味하지만 또 아예 맛이 없다고 말할 수 없었다. 언뜻 맛보면 싱거웠지만 대접을 비우고 나면 몸에 남은 짠 기운에 연신 냉수를 찾았다. 면발은 입에서 툭툭 끊겨 가위가 필요 없었다. 맑은 국물에 점점이 박힌 고춧가루가 선명했지만 매운 기색은 전혀 없었다. 냉면 전에 나오는 면수는 숭늉보다 더 감칠맛이 돌았고 냉면과 같이 나온 무김치는 그 형체가 다 제각각이어서 기계가 아닌 사람 손을 탄 흔적이 역력했다.

을지면옥을 두 번 더 찾은 것은 일종의 오기였다. 그 집을 가득 메운 노인들의 입맛에 다 이유가 있을 것이고, 내가 그 이유를 찾지 못할 연유는 없다고 여겼다. 세 번째 을지면옥을 찾은 날 밤, 나는 냉면 먹는 꿈을 꿨다. 꿈에서도 '냉면 맛'이라고 표현할 수밖에 없는 간간하고 혀끝에 살짝 감칠맛이 도는 맑은 육수의 맛이 느껴졌다.

다음 날 나는 을지로3가에 가서 냉면 육수에 비친 내 얼굴을 마주하지 않고는 견딜 수 없었다. 그 뒤로 수집을 하듯이, 공부하듯이 냉면을 먹었다. 종로와 을지로에 자리 잡은 냉면집들을 순례했다. 냉면계의 삼성전자와도 같은, 성공한 노인들이 찾는다는 '우래옥'에 가서 선불로 값을 치르며 냉면을 먹는 것은 모의고사를 치르는 것과 같은 일종의 의무방어전이었다.

'평래옥'에 가서 꿩으로 우린 육수에 담긴 냉면을 먹는 것은 한 세월의 고단함을 맛보는 또 다른 체험이었다. 육수를 우리고 남은 닭고기를 고춧가루 양념에 버무린 반찬이 나오면 몇 번이고 다시 청해가며 안주 삼아 먹을 때, 수십 년 세월을 이어온 음식의 위로를 느낄 수 있었다.

지금은 냉면의 역사를 꿰고 구조를 분석하며 맛을 본다. 시내 가장 유명하다는 냉면집에 들어가는 조미료 양이 냉면 한 그릇 당 한 스푼, 정확하게 2.5그램이란 것도 알게 되었다. 면의 똬리가 단단하게 틀어져 있어야 면의 물기가 잘 빠졌단 이야기고 그래야만 냉면 맛이 흐려지지 않는다는 것도 안다. 냉면 나온 품새만 보고도 맛을 짐작할 수 있다며 아는 척을 한다.

새롭게 문을 연 냉면집들을 찾는 것도 잊지 않는다. 광명에서 시작해 여의도까지 진출한 '정인면옥', 분당에서 시작해 명성을 떨치고 있는 '능라도'는 기본이다. 냉면을 찾아 지방 순례까지 다닌다. 대전 '숯골원냉면', 안성 '우정집', 평택 '고복례냉면'은 필수 코스다. 그리고 집에서 가장 가까운 곳에 살얼음 둥둥 뜬 해장용 냉면으로 유명한 '을밀대'가 있다.

"무슨 사람이 이렇게 많니?"

작년 여름, 을밀대에 모셔간 부모님은 냉면집에 몰린 사람들을 보고 놀라 눈이 동그래졌다. 얼마 후 나온 냉면을 먹고 아버지는 "맛이 특이하다"며 나에게 말을 건넸다. 어머니는 "자주 같이 나오자"며 내 손을 잡았다. 그제야 내가 부모님과 함께 냉면집을 찾은 것이 처음임을 깨달았다. 그네들이 모르던 세상을 나만 알고 있었다. 부모에게는 냉면 족보와 계보를 읊을 틈 없이 보낸 시간만 있었다. 냉면 맛이 제대로 느껴지지 않았다. 맛 타령을 하는 일이 부끄러웠다. 대신 먼저 일어나 계산을 했다. 그러나 그 이후 아직도 나는 부모님과 함께 다시 냉면집을 찾지 않았다.

2

나를 일으켜 세운 순간의 맛

뜨거운 한 그릇의 진심,
죽

집 떠나니 고생이었다. 스무 살이 되던 해, 서울의 학교 기숙사에서 홀로 아팠다. 창밖으로 봄은 완연했다. 벚꽃이 피고 새가 지저귀었다. 그 광경을 창밖으로 바라보며 식은땀을 흘렸다. 기숙사 같은 방을 쓰던 세 살 위 형이 등교 직전 이층 침대에 누워 있던 나를 보며 물었다.

"어디 아프냐? 뭐라도 사다 줄까?"

"아니요. 괜찮아요."

쥐어짜듯 형에게 답했다. 법대를 다니던 형은 제주도 출신이었다. 동향同鄕은 아니었으나 타지 생활하는 처지는 같았다. 여러 번 형한테 토로했다. 떠밀리듯 선택한 전공이 얼마나 나와 안 맞는지, 왜 꼭 장학금이 필요한지, 서울에서 만난 새 친구들과 어울리기가 또 얼마나 어려운지, 이 모든 것이 내 잘못인지, 고시 공부하느라 바쁜 형을 붙잡고 많은 밤을 보냈다. 마음에 담은 고민은 쉽게 병이 되었다. 그렇게 믿고 싶었다. 몸이 아프니 오히려 달콤한 체념이 찾아왔다. 나는 혼자다. 어쩔 수 없다. 스무 살의 감성은 쉽게 눈물을 불렀다. 지쳐 잠이 들었다. 눈을 뜨니 저녁이었다. 방 안에는 병자의 퀴퀴한 냄새가 가득했다. 문이 열렸다.

"형이 죽 사 왔다. 죽 잘하는 집이 없어서 체인점에서 사 왔는데 어쩌겠냐. 이거라도 먹고 약도 먹고."

형이 들고 온 비닐봉지에는 뜨끈한 죽 그릇이 있었다. 형은 죽을 사러 학교 밖으로 버스를 타고 나갔다가 기숙사로 돌아와야 했을 것이다. 고시가 코앞이었다. 1초 1분에 쫓기는 마음을 짐작도 할 수 없었다. 아르바이트로 돈을 벌어 생활비 모두를 해결해야 하는 형의 절박함도 제대로 알지 못했다. 철없는 스무 살이었다. 그러나 고마움은 진심이었다. 공부하려고 다시 도서관으로 향한 형을 뒤로하고 방에 비스듬히 누워 죽을 먹었다. 아무리 아파도 죽은 목구멍으로 넘어갔다. 다음 날, 나는 침대 밖으로 나왔다.

나를 일어나게 했던 죽, 쉽고 간편하게 먹으라고 묽게 만든 이 음식은 사실 만들기 쉽지 않다. 기술도 기술이지만 무엇보다 쏟아야 하는 정성이 만만치 않기 때문이다. 고레에다 히로카즈 감독의 영화 〈원더풀 라이프(1998)〉에는 죽을 어떻게 만들어야 하는지 한바탕 설명이 나온다. 배경은 죽은 사람들이 일주일간 머물러야 하는 저승의 경계 림보, 이곳에서 일하는 면접관들은 죽은 사람들에게 생애 가장 행복했던 순간을 말하라고 한다. 그 순간은 영화로 만들어지고 죽은 이들은 행복한 기억만 간직한 채 영원으로 사라지게 된다. 영화 속 주책맞은 노인은 가장 행복했던 순간에 대해 자신이 젊은 시절 얼마나 많은 여자를 만났는지 장광설을 늘어놓는다. 그중 그가 기억하는 순간은 한 여인이 죽을 끓여주던 때다.

"밥을 끓인 죽은 제대로 만든 게 아니야. 처음부터 쌀을 씻어서 냄비에 끓여 만들어야 제대로지. 그 죽을 숟가락을 떠서 호호 불며 식기 전에 먹으라고 말하던 여인이 생각나는군."

노인이 말하듯 죽이란 묽게 끓인 밥이 아니다. 죽은 오히려 이탈리아 음식인 리소토와 많은 부분 비슷하다. 먼저 올리브기름을 팬에 두르고 잘게 썬 양파를 볶는다. 그 위로 리소토용 쌀을 붓고 살짝 볶다가 화이트 와인을 부어 향을 낸다. 그다음부

화려한 기술도 비싼 재료도 필요가 없다.

흰쌀만 있으면 된다.

아무것도 하지 못하고 오래도록

주걱을 들고 있기만 하면 된다.

터는 닭 육수를 조금씩 넣으며 계속 저어준다. 리소토가 너무 질거나 되지 않게 하려는 것이다. 그러려면 물을 너무 많지도, 적지도 않게 보충하는 수밖에 없다. 또 그렇기 때문에 팬 앞에 서서 주걱을 붙들어야 한다. 잠시라도 한눈을 팔면 쌀이 냄비 바닥에 눌어버린다. 누구나 아는 상식이다. 하지만 상식을 체득하기는 어렵다.

"계속 저으라고. 밑바닥까지 확실히. 여기 눌어붙었잖아!"

처음 리소토를 알려준 이탈리아인 요리사는 냄비 바닥에 눌어붙은 쌀이 자기 조국을 모독하는 증거인 양 화를 냈다. 나는 그때마다 "오케이"를 남발했다. 불리지도 않은 리소토 쌀이 제대로 익으려면 족히 20분은 저어주어야 한다. 레스토랑에서 만들어야 하는 양은 한 냄비도 아니고 한 솥에 가까웠다. 팔이 떨어져라 주걱을 저으며 어릴 적처럼 많은 생각을 했다. 왜 겨우 국자 젓는 일밖에 하지 못할까? 다른 요리사들은 생선과 고기를 다듬으며 큰소리를 치는데 나는 왜 주방 뒤 구석에 서 있을까? 능력이 없어서 이런 일만 시키는 걸까? 상념에 빠져 주걱을 허술히 저으면 꽁지 머리를 한 이탈리아 요리사는 귀신같이 내 옆에 와 있었다. 분명히 구석구석 잘 젓는 것 같았지만 그것은 착각이었다. 승강이를 하느라 둘이 거의 기진맥진할 무렵 겨우 쌀이 익었다. 여기에 파르메산 치즈와 버터를 더하면 가장 기본이 되는 리소토 비안코risotto bianco가 된다. 쌀은 속까지 완전히 익었지만 형태가 뭉러지지 않았다. 쌀의 얇은 껍질 사이로 탱탱한 긴장감이 느껴졌다. 접시에 올려놓으면 자연히 퍼져나가되 흘러내리지 않을 정도의 농도였다. 맛은 담백했지만 진했고 심심했지만 달큼한 짠맛이 났다. 많은 요리가 그렇듯 모순된 식감과 맛이 공존해야만 제대로 된 리소토임을 힘들게 알았다.

죽을 만드는 법도 리소토와 일맥상통한다. 먼저 쌀을 불린다. 한 시간 정도면 족하다. 불린 쌀을 절구에 넣고 부순다. 3분의 1 정도로 쪼갠다고 생각하면 된다. 그 뒤는 리소토와 같다. 부순 쌀을 참기름 두른 냄비에 넣고 볶는다. 다음으로 물을 조금씩 부어가며 쌀을 익힌다. 쌀이 다 익으면 소금으로 간한다. 이렇게 만든 죽은 오래된 군내가 나지 않는다. 대신 고소한 향기가 난다. 입에 넣으면 물처럼 흐르는 것이 아니라 알알이 씹힌다. 그럼에도 부드럽게 혀를 간지럽히는 것은 변하지 않는다. 소금 간을 했기에 정갈한 맛이 난다. 그리고 이 음식은 몸이 아프고 힘이 든 누군가를 낫게 하기 위해, 다시 일어서게 하기 위해 만든다. 화려한 기술도 비싼 재료도 필요가 없다. 흰쌀만 있으면 된다. 아무것도 하지 못하고 오래도록 주걱을 들고 있기만 하면 된다.

나는 어제와 같은 오늘을 살았고 오늘과 같은 내일을 살 것이다. 그토록 지루한 하루를 매일 견디던 형, 죽을 나에게 사다 준 그 형은 마침내 고시에 합격해 어엿한 가장이 되었다. 나는 내가 죽을 만드는 정성과 같은 지루함을 벗 삼고, 흰죽과 같이 하찮은 나의 하루를 감사하길 바란다. 그 뜨거운 한 그릇을 전하는 마음으로 사랑하며 살길 바란다.

주술처럼 언 몸을 녹여주던, 차이

창밖을 내다보면 설산雪山이었고 그 밑은 절벽이었다. 절벽 아래로는 추락한 차들이 드문드문 보였다. 군대에서 제대하고 떠난 인도 여행의 목적지는 티베트 고원의 라다크였다.

라다크로 가는 길은 '세계에서 두 번째로 높은 고속도로'라는 타이틀이 붙은 타글랑라Taglang La, 5,328미터였다. 7월에서 9월 사이에만 열리는 그 길은 비포장이 대부분이었고 그 석 달 사이에 12대 정도의 차량이 절벽 밑으로 떨어진다고 했다. 세계에서 가장 높은 고속도로는 라다크에서 히말라야 누브라밸리로 가는 카르둥라Khardung La, 5,359미터이다.

라다크까지는 꼬박 24시간이 걸리는 여정이었다. 구름 없는 하늘처럼 맑은 눈을 가지고 있던 티베트계 운전기사는 한숨도 자지 않고 기어를 넣으며 차를 몰았다. 그러다 말없이 차를 멈춰 세웠다. 그는 24시간 내내 그러했듯 달라이 라마 같은 미소를 지으며 말했다.

"서티 미니츠30 minutes."

그곳에는 나무판자로 지은 집 한 채가 있었다. 흙먼지에 뒤덮인 코카콜라 간판이 붙어 있던 그 집은 고속도로 휴게소였다. 발전기로 돌리는 냉장고에는 델리보다 몇 배가 비싼 콜라와 생수가 있었고 한쪽 난로 위에는 주전자가 김을 내며 끓었다. 토굴같이 어두운 그 집 안에 들어가 짧게 말했다.

"원 차이One chai."

이가 다 빠지고 황무지같이 거친 피부를 한 노파는 한마디 대꾸도 하지 않았다. 그리고 뼈밖에 남지 않은 손으로 천천히 주전자를 들어 흙으로 빚은 작은 잔에 차이를 부었다. 인도식 밀크티인 차이는 카르다몸, 정향, 생강, 팔각, 후추, 박하잎 같은 향신료를 넣고 홍차를 끓인 뒤 설탕을 붓고 우유를 섞어 달이듯 졸여 만든다.

1823년 영국 브루스 소령이 중국에서만 자란다고 생각했던 야생 차나무를 인도 아삼 밀림에서 발견한 이래, 차 문화는 영국의 식민지 전역에 퍼졌다. 이를 지탱하기 위해 영국은 중국에서 차 재배, 가공법을 훔쳤고 다르질링과 아삼, 저 아래 스리랑카까지 차 재배 지역을 넓혔다. 현재 인도는 세계 1위 홍차 생산국이며 온 국민이 아침저녁으로 홍차와 차이를 마신다. 1,300년 전 《왕오천축국전》을 썼던 승려 혜초가 넘었던 세계의 지붕 티베트 고원에서도 차이를 마시게 된 것이다.

독수리처럼 눈빛이 형형한 노파의 눈을 바라보며 차이를 마셨다. 다시 눈이 감겼다. 마살라masala라고 부르는 인도 향신료 믹스의 맛이 어김없이 풍겨 왔다. 한 달 동안 인도를 여행하며 지겹게 먹었던 맛이었다.

홍차와 우유, 설탕에 물든 마살라 향은 주술처럼 몸속에 파고들었다. 향은 거칠었지만 향기로웠고 단맛은 사탕을 문 것처럼 감미로웠다. 끓이고 끓여 걸쭉한 죽처럼 되어버린 차이 한 잔에 녹슨 칼처럼 찌든 몸이 풀어졌다.

차이에 들어간 홍차는 싸구려였다. 인도에서 나는 홍차 중 고급품은 모두 수출된다. 노점상에서 차이를 파는 '차이왈라Chaiwala'가 쓰는 홍차는 꽃을 닮은 향기가 다 날아간 것들이다. 대신 악다구니를 쓰며 소리를 지르고 살이 마른 거리의 아낙처럼 강하고 거친, 그러나 절대 무너지지 않고 버티고 버틴 것들이 남아서 맛의 골조를 이룬다. 거기에 일교차가 30도를 넘는 고원의 풍화작용과 선글라스를 쓰지 않으면 눈에 화상을 입고 마는 태양의 자외선, 만년설로 뒤덮인 설산의 좁은 도로를 돌고 돌아 짐을 나르는 트럭의 매연이 서로 뒤엉켜 만화경 같은 차이의 향을 만든다.

저 옛날 승려처럼 구태여 멀고 높은 길을 가는 여행자들은 차이 한 잔에 힘을 얻는다. 한 번 쓰고 던져버리는 진흙 잔을 비울 때쯤엔 다시 몸을 움직여 길을 떠나게 된다. 신을 믿지 않고는 살 수 없을 것 같은 황량한 고원은 노승처럼 고고하고 차가운 지옥처럼 엄정했다. 그 속으로 나는 다시 낙하하듯 빨려 들어갔다.

바위에 앉아 딱딱한 빵을 씹으며 쉬던 운전기사는 또다시 웃으며 차에 시동을 걸었다. 그 옆에 앉아 저 멀리 신기루처럼 솟아 있는 투명한 설산을 바라봤다. 차이의 향기가 몸속에서 춤추듯 맴돌았고 차는 멈추지 않았으며 운전기사는 한 번도 잠들지 않았다.

채 터지지 않은 꽃망울의 맛,
사케

이가 갈리게 추운 날이었다. 다시 돌아온 한국에서 몇 년 만에 맞이한 겨울이었다. 입에서 짐승의 갈린 배처럼 하얀 김이 새어나왔다. 잊고 지낸 한국의 겨울은 무정히 뺨을 갈기듯 온순한 기운이 전혀 없었다. 귀국하자마자 산 SPA 브랜드 외투는 모스크바보다 더 낮은 기온을 갱신하는 서울 날씨 앞에 무용지물이었다. 옷을 몸에 동여매고 적군이 쫓아오는 병사인 것처럼 찬바람을 뚫고 작은 문을 열었다.

"오랜만이시네요."

머리를 짧게 깎은 주인장이 인사했다. 주인장은 몇 년 전 나의 마지막 방문을 잊지 않은 듯 했다. 호들갑스럽지 않은 인사였다. 볼이 들어갈 정도로 깡마른 그의 얼굴처럼 담담한 말이 오갔다. 나는 멋쩍게 인사하며 유일하게 남은 한 좌석에 엉덩이를 걸쳤다. 낮은 바 좌석 너머로 주인장은 위아래로 하얀 옷을 입은 채 날생선을 썰고 구웠다.

"모둠 회 하나랑 히레사케요."

무정한 칼날 아래 기름기 머금은 겨울 생선이 단면을 드러냈다. 회 한 접시를 내놓고 주인장이 향한 곳은 구석의 화덕이었다. 끓는 물에 중탕을 해놓은 사케를 국자로 떠서 두툼한 자기磁器 잔에 담았다. 그리고 한쪽에 말려놓은 복어 지느러미를 담가 내 앞에 내려놨다.

"조심하세요."

주인장은 짧은 한마디를 던지며 라이터의 부싯돌을 엄지손가락으로 문질렀다. 순간 잔 위로 파란 불길이 올랐다. 달궈질 대로 달궈진 술 속의 알코올 기운이 증기로 변해 올라오며 만든 찰나의 불꽃이었다. 시인 미당 선생은 히레사케에 대해 자고로 불을 붙여야 알코올의 나쁜 기운을 걷어낼 수 있으며, 추운 겨울 몸을 녹이는 데는 최고라고 말했다.

그 유래는 일제강점기로 거슬러 올라갈 것이다. 제2차 세계대전 말미, 일본 정부는 주식인 쌀로 술 빚기를 금지하는 대신 몇몇 양조장에 '삼증주三增酒'라는 화학주 생산을 독려했다. 양을 세 배로 늘린 술을 뜻하는 것으로 본 술에 들어 있는 것보다 알코올을 세 배 첨가하고 떨어진 맛을 화학조미료와 당분으로 맞춘 것이었다. 사정이 이렇다 보니 술의 풍미를 살리기 위해 이것저것을 첨가하지 않았을까 하는 것이 나의 추리다.

지금도 50도 이상으로 데워 마시는 아쓰캉あつかん은 싼 술을 먹는 방법으로 보통 알려져 있다(사케에 따라 맛을 즐기는 좋은 방법이 될 수도 있다).

요즘은 술을 뜨겁게 달궈 내놓는 곳이 많지 않다. 차갑게, 혹은 실온에서 사케를 즐기는 경우가 대부분이다. 값도 싸지 않다. 일식 주점에 가면 한 병에 10만 원이 넘어가는 사케가 수두룩하다.

사케에 일대 전환이 일어났던 것은 1970년대로 거슬러 올라간다. 전후 일본의 경제 성장과 맞물려 사람들은 고급스러운 술을 원했다.

지자케じざけ 열풍이 불었다. 각 지방에서 난 쌀로 빚은 프리미엄 사케가 쏟아져 나왔다. 고시노칸바이越乃寒梅를 비롯해 핫카이산八海山, 구보타久保田 등 지역별로 이름난 사케들이 사람들의 높아진 취향을 만족시켰다. 주욘다이十四代와 같은 특급

사케는 웃돈을 주고도 구하기 힘들며 급이 높은 종류는 그 값이 100만 원을 훌쩍 넘긴다.

쌀을 얼마나 깎아 썼느냐에 따라 준마이긴조(60퍼센트 이하), 준마이다이긴조(50퍼센트 이하) 등으로 등급을 나누고 누가 양조 책임자인지, 어떤 쌀과 물을 썼는지, 효모는 어떤 종류인지 따진다. 여기에 가열처리 하지 않은 생生 사케와 샴페인처럼 기포가 올라오는 사케, 시기별로 쏟아져 나오는 한정판 등 구분하자면 종류가 끝도 없다. 맛 또한 아미노산도와 산미 등을 세세하게 밝히는 브랜드도 많다. 그러나 1,000년의 전통 같은 허무맹랑한 소리를 내놓는 곳은 없다. 얼마나 오래되었고 어떤 문헌에서 그 전통을 밝히고 있는지, 정부가 그 전통을 옳다고 증명했다고 내붙이지 않는다. 대신 매해 열리는 사케 콘테스트와 잡지 같은 매체에서 어떤 사케가 우수한지 판명하고 값에는 자연히 프리미엄이 붙는다. 새롭고 젊은 양조가들은 증명할 수 없는 전통에 매달리는 대신 공법을 연구하고 재료를 발굴하며 더 좋은 맛과 향을 위해 정진한다. 경쟁과 자본주의가 결합한 간단한 논리다.

이에 비하면 한반도에서 나는 술을 싸잡아 종류를 가리지 않고 '전통주'라 부르는 이 나라의 정책은 '신토불이'로 대표되는 감성팔이를 벗어나지 못했다. 우리 것이니 먹어야 한다고 윽박지를 뿐 소비자를 유혹하지는 못한다.

한국은 변했지만 변하지 않았다. 미련할 정도로 부지런한 사람들, 내일이 없는 것처럼 노동으로 몸을 학대하는 사람들, 그리고 거친 하루만큼이나 내 것을 지켜야 한다는 지독한 강박이 한국에 있었다. 역사와 이유를 알지만 향기로운 것에 이끌리는 감각은 어쩔 수 없었다. 독한 겨울바람을 누그러뜨리는 황홀함은 감춰지지 않았다. 밤을 잊고 한국을 잊고 나를 잊었다. 나는 의자에 가만히 앉아 고개를 숙였다. '나를 키운 건 팔할이 바람이다'라는 미당의 시구를 떠올리며 겨울의 숨소리를 들었다. 그이가 마셨을 히레사케의 맛을 떠올리며 잔을 비웠다. 잔 위의 불길은 금방 사그라졌고 곧이어 강한 기운이 올라왔다. 그곳에 아직 오지 않은 봄이 있었다. 채 터지지 않은 꽃망울을 지닌 수줍은 향은 잠깐이었다. 그 뒤로 칼에 스러지듯 져버리는 벚꽃의 짧은 최후가 그림자를 뉘었다.

사람들을 품어주는 맛,
라면

초등학교 2학년, 아홉 살 때 처음 가스 불 위에 물을 올렸다. 라면을 끓이기 위해서였다. 처음에는 꽤 어려웠다. 뒷면 조리 예를 보며 컵으로 신중히 물을 맞췄다. 가스 불 켜는 것은 어렵지 않았다. 어렸을 적 가장 먼저 장난치며 놀았던 것이 가스 불이었다. 한 살 어린 동생은 동생이라는 이유로 라면 냄비에서 멀찍이 떨어뜨려 놨다. 겨우 한 살 차이지만, 그래도 형이니까 동생을 먹여야 한다는 생각에 라면을 끓였다. 첫 라면은 성공이었다. 동생은 연신 '맛있다' 소리를 내며 라면을 먹었다. 한 번 성공하자 자신감이 붙었다. 몇 달 사이에 조리법도 여러 번 바꿨다. 맵다는 라면에 고춧가루를 더 풀기도 하고, 일부러 물이 없을 때까지 졸여 먹기도 했다. 동생도 라면을 끓인 적이 있다. 동생은 실수로 고춧가루를 그만 한 숟가락 넘게 넣어버렸다. 둘은 한 젓가락 채 먹지 못하고 비명을 질렀다.

"이건 진짜 못 먹겠다!"

그날 이후 동생은 라면 끓이기는 오로지 내가 할 일이라고 생각하는 것 같았다. 맞벌이를 하던 어머니는 늘 김치찌개 같은 것을 끓여놓고 갔지만 매일 뭔가를 하는 것도 고된 일이었다. 하지만 라면은 초등학생이었던 나도 끓일 수 있었다. 우리 형제는 라면 덕분에 근처 슈퍼마켓의 유명 인사가 되었다. 두 꼬마가 와서 매일 라면을 사갔으니 슈퍼마켓 주인 입장에서도 꽤 신경이 쓰였을 것이다. 우리는 라면을 사갈 때마다 그램 단위로 적힌 중량을 체크했다. 같은 값이면 무게가 더 나가는 것이 이득일 거란 생각 때문이었다. 신제품이 나오면 꼭 먹어봤다. 주인아주머니는 그런 나와 동생에게 '착하다'고 말하며 머리를 쓰다듬고는 했다. 우리는 그게 왜 착한지, 왜 칭찬받을 일인지 알지 못했다. 일요일이 되면 가끔 아버지가 라면을 끓일 때가 있었다. 겨우 파만 올리던 어머니와 달리 아버지가 끓인 라면에는 양파가 들어갔다. 덕분에 조금 달달해진 국물을 마시노라면 기분이 좋아졌다. 어린 시절, 주먹이 내 머리만 하고 엄

했던 아버지가 끓인 라면의 단맛을 느낄 때면 세상이 다정해졌다. 중학교 때는 편의점에 서서 컵라면을 먹었고 고등학생이 되어서는 매점에 달려가 라면을 사 먹었다. 가끔 부모 몰래 친구들끼리 소주를 나눠 마신 다음 날이면 매점에서 파는 라면 국물을 '캬' 소리 내며 마셨다. 그러면 조금 어른이 된 것 같은 기분이 들었다. 어른이 된 후 직장 생활을 시작하고부터 의식적으로 라면을 먹지 않았다. 점심과 저녁을 회사에서 해결하는 일이 많았다. 라면 말고도 먹을 것이 천지였다. 나는 외국 생활을 하면서 다시 라면을 먹기 시작했다.

"와, 한국 라면 진짜 매워."

중국인 여자 친구가 있다던 폴은 한국 라면 이야기가 나오자 기겁을 했다. 호주 멜버른에 있는 한 레스토랑의 쉬는 시간이었다. 요리사들끼리 둘러앉아 식사를 하다 한국 음식이 화제에 올랐다. 다른 이야기지만 외국에서 한국 사람에 대해 가지는 몇 가지 고정관념이 있다. 첫째로 당연히 소주를 좋아할 거라고 여긴다. 둘째로 역시 당연히 노래방을 좋아할 것이고, 셋째로 컴퓨터를 잘할 것이라 생각한다. 마지막으로 매운 음식을 잘 먹을 것이라고 지레 짐작해버리는데 다 그놈의 매운 라면 때문이다. 한국 특산품이라고 외국 친구에게 선물하는 경우도 많고 같이 먹기도 한다. 외국에 오래 있다 매운 라면을 먹으면 나 역시 며칠 고생을 하건만 외국인들에겐 더더욱 고역이었을 것이다. 나와 몇 안 되는 한국인 요리사들은 폴의 표정을 보며 애처럼 낄낄대며 웃었다. 폴은 그 라면이 얼마나 매웠는지 한참 설명을 하더니 억울한 얼굴로 나에게 물었다.

"너도 라면 좋아하지?"

나는 답했다.

"글쎄? 그렇게 좋아하진 않아."

반은 거짓이었고 반은 진실이었다. 라면을 좋아하진 않았지만 끊을 수 없었다. 이유는 라면의 MSG 성분일지도 모르고, 어렸을 적부터 인이 박여서 그럴지도 모른다. 분명한 것은 몸이 라면을 부를 때가 있다는 것이다. 외국 생활, 특히 호주의 생활은 여유가 있었다. 요리하던 시간을 빼놓는다면 꽤 살 만했다. 날씨가 좋았고 사람들은 친절했다. 내 한 몸만 건사하면 되니 자유로웠다. 멜버른의 커피는 세계적으로도 유명했다. 괜찮은 베트남 쌀국수집과 타이 음식점도 흔했다. 그런데 나는 한인 마트에 갈 때마다 라면을 샀다.

요리하는 사람이라고 라면 끓이는 법이 특별하지는 않다. 조리법에 맞춰 물을 넣고 최대한 센 불에서 끓인다. 누구나 아는 비법이다. 만약 어떤 연예인이 하듯 기름기를 줄인다고 면을 따로 삶으면 맛이 연해진다. 기름기가 빠지면 혀에 맛 분자가 머무는 시간이 짧아지기 때문이다. 더불어 기름기에 용해되는 맛 분자가 제 성능을 내지 못해 맛 자체가 덜하다. 달걀을 푸느냐 마느냐도 첨예한 관심사다. 달걀을 풀게 되면 국물은 연해진다. 달걀흰자가 흡착제 역할을 해서 수프를 집어삼켜서 그렇다. 똑같은 원리로 프랑스에서는 콩소메 수프를 만들 때 달걀흰자를 풀어 맑은 국물을 얻는다. 맑은 국물 라면을 먹고 싶지 않다면 불을 끈 상태에서 달걀을 푸는 것이 좋다. 국물의 잔열로도 달걀은 충분히 익는다. 흰자가 완숙되면서 수프에 엉기는 것도 막을 수 있다. 라면을 동남아 음식 비슷하게 바꾸는 방법도 있다. 국물에 라임즙을 뿌리고 고수를 썰어 넣으면 마치 태국의 똠얌꿍을 먹는 것 같은 맛이 난다. 이 조리법의 포인트는 '많이'다. 고수도 많이, 라임즙도 많이 넣어야 한다. 프랜차이즈 쌀국수집처럼 레몬 4분의 1, 고수 한 뿌리로는 턱 밑이 아릴 정도의 신맛이 나지 않는다.

하지만 훌륭한 맛을 원해서 라면을 먹지는 않았다. 몸과 마음이 아프면 라면을 찾았다. 감기가 들어 몸이 으슬으슬할 때면, 주방에서 영어 욕을 신나게 듣고 얼굴에 소금기가 껴서 집에 돌아올 때면 가스 불에 물을 올렸다. 아무도 없는 주방에 혼자 앉아 입천장을 델 것같이 뜨겁고 속이 상할 정도로 매운 라면을 먹으며 자주 무력감이 들었다. 왜 라면을 끊지 못하는 걸까? 요리를 한다고 외국까지 와서 왜 겨우 인스턴트 라면에 의지해야 하는 걸까? 마침내 라면 국물까지 비워내면 많은 것이 가슴을 메웠다. 찬란한 봄의 설악산, 한여름 녹음의 지리산, 뜨거운 여름 대구, 정선의 민둥산, 몰운대의 적막함, 아우라지의 아련함, 술에 취해 택시를 타고 달리던 늦은 밤 강변북로, 이가 딱딱 부딪칠 정도로 추운 서울의 겨울, 공기처럼 나를 감싸던 나의 모국어, 그리고 사람들, 나의 사람들, 라면 한 그릇을 나눠 먹고 국물에 찬밥을 함께 말던 사람들이 가슴을 치고 돌았다. 먹먹했던 가슴이 공허해지면 눈에 물기가 차올랐다. 그 물기를 머금고 라면 끓인 냄비를 한참 동안 씻었다. 씻어도 씻어도 냄비는 깨끗해지지 않았고 입에 남은 라면의 끈끈한 맛은 밤새 지워지지 않았다.

어디론가 떠날 때면,
우동

대전역에 들어선 무궁화호 열차는 서서히 속력을 늦췄다. 가을로 향해 가던 밤, 조금 더 날이 지나면 숨을 쉴 때 입김이 얇게 서릴 거라는 생각이 들었다. 20년도 더 전, 머리가 덥수룩한 장발이 유행이었고 부모님은 지금 나와 비슷한 나이였다. 대전역에서 아버지는 황급히 열차에서 내렸다. 아버지가 다시 열차를 타지 못할 것 같은 불안감에 나는 창에 코를 붙이고 아버지 그림자를 쫓았다. 김이 모락모락 나는 철로 옆 가게 앞에서 잠시 서성이던 아버지는 그릇 하나를 들고 열차에 다시 올라탔다. 내가 마주한 것은 가락국수였다. 면이 툭툭 끊기는 그 국수를 몇 젓가락 먹었을까? 잠이 들었다가 눈을 떴을 때는 서울이 아

어디론가 떠나고 떠나지만
결국엔 어디론가 도착하고야 마는 삶.
누군가를 먹여야 하는 삶.

닌 부산에 와 있었다.

어디론가 떠날 때 가락국수라고 하던 우동을 먹어야 한다는 강박에 시달린 것은 그 뒤다. 멸치 따위로 국물을 내고 쑥갓과 고춧가루, 유부를 고명으로 올린 국수 한 그릇을 먹어야 길 위에 오를 수 있을 것만 같았다. '국물이 끝내주는' 우동, 혹은 중국집에서 어른 흉내를 내며 시킨 우동, 나이가 들어가면서 여러 장소에 섰고 그때마다 다른 우동을 먹었다.

스물여덟 살의 겨울이었다.

"아, 춥다."

한창 설악산에 다니던 때, 주말 새벽 늘 동서울버스터미널 앞에 섰다. 몸이 저절로 떨렸다. 도대체 왜 이런 고생을 사서 할까 자괴감이 들었다. 박차고 나온 따스한 이불도 생각났다. 그대로 있었더라면 몇 시간 더 이불 속에서 아무 일 없는 주말 오전을 보냈을 것이다. 그러나 이미 떠난 몸이었다. 표를 끊어 놓고 일단 터미널 앞 포장마차에 달려가는 것이 순서였다.

"우동이랑 김밥이요."

주문을 넣으면 파마머리에 난한 무늬가 새겨진 누비 조끼를 입은 중년 여자가 천천히 몸을 움직였다. 삶아놓은 우동 한 덩이를 채에 넣어 육수에 담갔다. 1분 정도 지나면 우동을 꺼내

플라스틱 용기에 담고 어묵 한 덩이, 채 친 유부 몇 조각, 김가루, 쑥갓 같은 것을 고명으로 올려 내 앞에 놓았다. 차갑게 식은 김밥을 씹고 퉁퉁 불어 있는 우동을 목구멍으로 넘겼다. 미끈한 면은 씹을 필요도 없었다. 있었던 곳을 찾아가듯 기다랗고 가느다란 뱀장어 무리처럼 내 몸속으로 빨려 들어갔다. 하얀 면을 다 먹고 국물까지 마셔버리고 나면 몸이 조금 달아올랐다. 버스에 올라타면 내 몸은 도로 위였고 잠시 뒤에는 산 중턱에 서 있었다.

한국에서 먹는 우동과 일본에서 먹는 우동은 아예 다른 종류에 가깝다. 우선 일본에서 우동이라고 하면 한 종류가 아니다. 지역별로 우동의 두께, 모양, 먹는 방법이 조금씩, 혹은 전혀 다르다. 후쿠오카가 있는 규슈 지방에 가면 한국에서 먹는 것과 거의 비슷한 모양새의 우동을 볼 수 있다. 미역이나 우엉 튀김 같은 것을 고명으로 잔뜩 올리고 시원한 가쓰오부시 육수에 미끈하고 부드러운 우동을 후루룩거리며 먹는다. 조금 위로 올라와 관서 지방 오사카에 가면 이 우동이 그 우동인가란 생각이 든다. 일단 '후루룩'거리지 않고 '파다닥'거린다. 면발의 힘이 워낙 세서 마치 작은 산짐승을 제압하듯이 턱에 힘을 주고 면을 잡아당기지 않으면 안 된다. 면을 들어 올릴라치면 온순히 입속에 들어가지 않고 좌우로 파닥파닥 거리며 저항한다.

우동을 차게 하여 쓰유つゆ에 찍어먹는 자루우동은 낮은 온도 탓에 면이 더욱 단단해진다. 사시미를 먹듯 쓰유에 살짝 찍어 입에 넣으면 '한국인과 일본인이 면 먹는 방식은 참 다르다'라는 생각이 든다. 한국인은 면이 요리에 포함된 일부분이라면 일본인은 면 그 자체의 맛에 더욱 집중한다. 예를 들어 한국에서 짬뽕 이야기를 하면 주로 얼큰한 국물, 풍성한 건더기 같은 수식어가 나오지 면의 익힘이나 두께, 종류를 논하거나 혹은 따져가며 주문하지는 않는다.

오사카에 본점이 있는 '츠루동탄'이란 우동집에서 세숫대야 같은 큰 대접에 담겨 나온 우동을 보고 한 번 놀라고 단단하다 못해 세로로 설 것 같이 힘 있는 우동 면발에 두 번 놀랐다. 그 면과 힘을 겨루듯 그릇을 비웠을 때는 턱 아귀가 아팠지만 면의 굵기와 탄성이 주는 쾌감이 있었다. 한국에도 우동 파는 곳이 여럿 있지만 쫄깃한 면을 선호하는 문화적 취향 탓에 라멘처럼 대중화되기는 어려운 면이 있다. 그럼에도 소수의 취향을 위해 그 맛을 지켜나가는 집들이 있다.

그중 명지대 앞의 '가타쯔무리'는 가기 힘든 것으로 첫째가는 곳이다. 먼저 가게 문을 여는 것이 일정치 않다. 매월 페이

스북을 통해 올라오는 영업 시간표를 확인해야 한다. 평균적으로 주중에는 11시에서 오후 2시 30분까지 문을 열고 이따금 문을 여는 주말에는 저녁 영업도 한다. 본래 11시 30분부터 손님을 받았으나 2016년 6월부터 30분 앞당겼다. 그 이유는 담쟁이덩굴로 덮인 가게 초입에 이렇게 적어 놓았다.

"6월 초 첫째 아이가 태어나고 하루하루의 밀도가 높아졌습니다. 아이와 보내는 시간을 만들고 아내의 부담을 조금이라도 나누기 위하여 일시적으로 영업시간을 변경하게 되었습니다."

일본의 가가와현에서 우동을 배운 주인장은 한국인 아내와 결혼하였고 이제는 한국 밀가루와 재료를 사용해 우동을 만든다. 부드럽고 순하며 매끈한 우동면에 유자즙과 간장을 쳐서 비벼 먹는 유자우동은 이 집의 별미다. 상큼한 기운이 신경과 위장을 따라 퍼져 나가고 기분 좋은 포만감에 식사를 마치면 작은 주방이 보인다. 그곳에는 한 아이의 아버지가 된 남자가 우동을 삶으며 활짝 웃고 있다. 그는 바다를 건너 한국에 왔고 한국에 오면서 우동을 가지고 왔다. 어디론가 떠나고 떠나지만 결국엔 어디론가 도착하고야 마는 삶. 누군가를 먹여야 하는 삶. 그 오고 감에 우동이 있고 그 한 그릇이 한 사람을 일어서게 하고 종국엔 생계를 지게 한다.

여전히 젊고 그만큼 역동적인,
라멘

밤 10시가 넘었지만 줄은 짧아지지 않았다. 일본 교토역에서 8분 거리, 가로등이 넓은 간격으로 서 있고 달빛은 낮은 밤, 사람들은 음모를 꾸미듯 어두운 거리로 모여들었다.

그곳에 교토에서 첫째로 꼽힌다는 라멘집이 있었다. 직장 동료와 택시를 타고 온 이들, 가이드북을 든 관광객, 서로 손을 붙잡은 커플들이 라멘집 앞에 모였다. 이 집에서는 간장으로 간을 한 '쇼유라멘'을 팔았다. 종업원들은 머리에 빨간 수건을 묶고 구부정하게 허리를 숙인 채 일했다.

오래 기다려 주방이 훤히 보이는 카운터 좌석에 앉았다. 날렵한 체구의 남자는 면을 삶고 그릇을 뜨거운 물에 데웠다. 간장 소스를 작은 국자로 퍼 그릇에 담고 육수를 부은 뒤 면을 담았다. 낭비되는 동작이 없었다.

라멘이 나왔다. 파기름이 둥둥 떠 풍미를 더했다. 중국 본토에서는 구웠지만 제2차 세계대전 전후 일본에서는 삶는 방식으로 바뀌었다는 돼지고기 차슈도 넉넉히 올렸다.

산처럼 쌓인 파를 헤집고 면을 잡아끌었다. 일본 남부 후쿠오카에서 먹던 하카다라멘보다 면이 굵었다. 면과 함께 국물을 마셨다. 기름과 간장, 육수에서 뽑아낸 감칠맛이 뒤섞여 강한 맛을 만들어냈다. 젓가락을 놓을 수 없었다.

그날 밤에도 그랬다. 한 방에 여덟 명이 모여 살았다. 남호주의 주도州都인 애들레이드에서 차로 다섯 시간이 걸리는 렌마크는 호주 오렌지 산업의 중심지였다. 나는 그곳의 일꾼이었다. 틈나는 대로 오렌지와 귤을 땄다. 호주 비자 연장을 위해서는 1차 산업에 종사해야 했다.

렌마크에 도착한 첫날, 방구석에 놓인 이층 침대 아래에 누웠다. 다음 날 간단한 지시를 받은 뒤 고글을 쓰고 나뭇가지를 헤치고 오렌지를 땄다. 굵은 나뭇가지가 옷을 뚫고 찢었다. 팔에 무수한 상처가 생겼다. 몸은 지쳤지만 밤이 되면 잠이 오지 않았다. 첫 주의 주말이 되었다.

"환영 파티는 해야죠?"

일꾼들을 통제하는 한국인 관리인이 운을 뗐다. 나와 일본인 요리사 다이스케가 중심에 섰다. 나는 샐러드를 만들고 갈비를 찌고 김치를 버무렸으며 고기를 구웠다. 일본인 팀은 치킨 미트볼, 스시, 돼지고기 샤부샤부 그리고 라멘을 준비했다. 라멘은 다이스케가 아닌 겐이란 남자애가 맡았다. 눈이 강아지처럼 둥글고 맑으며 쾌활했던 겐은 머리에 수건을 묶고 라멘 육수를 우렸다.

"잇츠 더블유 수프It's W soup."

땀을 뚝뚝 떨어뜨리며 이를 훤히 드러내고 웃던 겐은 짧은 영어로 라멘을 설명했다. 밑에는 해물 육수를 깔고 위에 돼지고기 육수를 부었다고 했다. 그것을 일본에서는 'W 수프'라고 부르는 모양이었다. 해물에서 나온 글루타민산과 돼지 뼈의 이노신산이 만나면 감칠맛이 더해지는 것이 아니라 곱해지는 효과가 난다. 입안에 감칠맛이 가득 들어차 폭발할 것만 같았다. 배고픔이란 본능이 아닌 미각이란 쾌락을 원동력 삼아 젓가락질을 했다.

"라멘 가게를 차리는 게 내 꿈이야."

라멘을 한 그릇 더 청해 먹던 나에게 겐은 햇살처럼 밝은 웃음을 지으며 말했다. 그는 나보다 두 살이 어렸다.

1800년대 후반, 요코하마 거리에서 중국인 노동자가 처음 만든 것이 그 시작으로 알려진 라멘은 일본인의 솔푸드soul food요, 세계인의 세련된 이국 음식이다. 이제 라멘은 뉴요커 식단에 당당히 한자리를 차지했다. 뉴욕의 웬만한 푸드코트 어디를 가도 라멘집이 있고 검고 흰 사람들이 서툰 젓가락질을 하며 라멘을 먹는다.

그 원동력은 밀고 당기는 전통과 혁신의 대결이다. 오래된 라멘집들은 전통을 고수하며 시대를 이어가고 새롭게 문을 연 라멘집들은 실험적인 시도에 거리낌이 없다. 이름을 얻은 가게는 분점을 내거나 편의점에 인스턴트 라멘을 출시해 자본을 얻어 성공 사례를 만든다. 일본의 라멘은 여전히 젊고 그만큼 역동적이다. 일본 하면 오래된 가게를 떠올리는 이들도 많다. 50년 역사 가지고는 '노포'란 이름을 가질 수 없는 나라가 일본이다. 3대에 걸친 시간을 가져야 비로소 인정받는다. 그러나 단지 오래되었다고 보호받고 혹은 보존되지 않는다. 견디고 이겨야 하는 경쟁이 바탕에 있다. 돼지 뼈를 산더미처럼 넣어 며칠을 우리기도 하고 흑색에 가까운 국물이 나올 정도로 많은 양의 마른 멸치를 넣어 끓이기도 한다. 소뼈, 돼지 뼈, 닭 뼈, 정어리, 새우, 멸치, 다시마, 심지어 토마토까지 쓰지 않는 재료가 없다. 국물에 찍어먹기도 하고 비벼 먹기도 하며 차갑게 먹기도 한다. 면 두께를 밀리미터 단위로 구분하고 식감과 맛, 탄력 등 각종 요소를 고려해 면을 만든다. 일본 특유의 집중력으로 분해하고 뜯어보고 개선한다. 맛만 있다면, 합법적이라면 그 어떤 것에도 구애받지 않는다. 그 과격함, 뒤돌아보지 않고 앞으로 걷고 또 걷는 젊음이 라멘에 담겼다. 그리고 젊음을 인정해주는 시장이 있다. 젊은이가 라멘집 사장이 되겠다는 꿈을 꿀 수 있다. 흘린 땀이 자신을 배반하지 않으리란 믿음이 있다.

호주에서 겐의 꿈을 들었을 때 나를 포함한 한국인들은 잠시 멍해졌다. 공무원이 되겠다, 회사원이 되겠다 정도의 꿈 아닌 희망을 가지고 살던 우리였다. 물론 그들에게도 회색빛이 있고 좌절이 있을 것이다. 그러나 반짝이는 눈동자, 쫙 편 어깨, 라멘 한 그릇에 담긴 기백은 마냥 부러웠다. 우리는 부러움을 담아 솥 바닥이 보일 때까지 외쳤다.

"딜리셔스Delicious!"

"원 모어One more!"

"예스!"

짧은 영어를 쓰며 한국인과 일본인이 라멘을 먹었다. 배 속에 뜨거운 국물이 가득 찼다. 어두운 밤도, 막막한 미래도, 두렵지 않았다. 두렵지 않아서 젊었던 그때였다.

뭇사람들의 희생에 비하면 과분한 맛, 꽂게

등이 배겨도 세로로 눕지 못했다. 자대 배치를 받은 첫날, 이병이었던 나는 뒤통수를 얻어맞은 것처럼 얼이 빠져 있었다. 공기의 냄새도, 나를 둘러싼 사람들의 숨소리도 낯설었다. 삼베 같은 모포를 덮고 눈을 감으면 망망대해가 펼쳐졌다. 몇 시간 전 참수리 고속정을 타고 해상기지인 바지barge에 내렸을 때 처음 수평선을 봤다. 검푸른 바다뿐이었다. 당시 인천에서 여객선으로 여섯 시간이 걸렸고 앞바다 너머에는 북한군이 주둔하고 있었다. 연평도는 어찌 보면 세상의 끝이었다. 잠이 오지 않는 밤, 세상의 끝, 연평도의 꼭대기에 있는 해군기지 내무반 침상 맨 끝에 누워 앞으로 남은 2년 남짓의 시간을 계산해봤다.

계산이 될 리가 없었다. 기가 질렸다. 그때 내무반 문이 열렸다.

"야, 이병. 나와."

낮에 보았던 배가 불룩한 병장이 깔깔이라고 부르는 전투복 내피를 입고 나를 불렀다. 그는 어리벙벙하게 머뭇거리는 나를 재촉했다. 그 찰나, 머릿속으로 계산을 했다. 전역을 앞둔 병장이 나를 부르니, 아무도 뭐라 할 사람이 없을 것이었다. 그런데 왜 밤에 굳이 나를 부를까? 내가 뭘 잘못한 걸까? 첫날부터 '빠따'라도 맞으려나? 병장은 나를 어두컴컴한 복도를 지나 일층 구석 주방으로 이끌었다. 주방은 조명탄이 뜬 듯 환했다. 주방 한쪽에는 어른 허리까지 오는 솥단지가 끓고 있었고 또 다른 병장 한 명이 큰 냄비를 앞에 두고 앉아 있었다.

"괜찮아, 여기 앉아."

활처럼 챙이 휜 모자를 쓰고 안경을 낀 병장이 손짓을 했다. 낮에 트럭을 몰고 나를 실어 나른 운전병이었다. 그 앞에는 게 껍데기가 수북했다. 꽃게 금어기 6월 말을 앞둔 마지막 만찬이 열리고 있던 것이다. 메뉴는 된장 푼 물에 삶은 꽃게뿐이었다. 그전까지 꽃게는 양념장에 무친 녀석밖에 먹어보지 못했다. 양념 게장은 어머니가 기분 좋으면 해주던 특식이었다. 나는 늘 해변가를 초토화시키는 불가사리처럼 꽃게 다리를 이로 깨부

수고 알이 붙은 등 껍데기를 긁었으며 살이 밀려 나오는 몸통을 쥐어짰다. 살짝 얼린 꽃게를 고춧가루, 어슷 썬 청양고추, 양파, 간장 등으로 무친 양념 꽃게장은 끈적거리는 단맛이 전혀 없었다. 대신 고함을 치듯 뜨겁게 매웠다. 그리고 매운맛 뒤로 부끄러운 듯 숨은 반투명한 꽃게살이 있었다. 전투와 같은 식사 와중에 꽃게 다리의 파편이 이 사이에 끼기도 했지만 부상을 두려워하지 않는 용장처럼 게 떼를 격파했다. 연평도에서 처음 마주한 꽃게는 물에 담가졌다가 나온 것이었다. 그때나 지금이나 먹는 것에 목숨 거는 나는 '꽃게 먹을 줄 모르네. 이래서야 맛이 있나'라는 말을 입 밖으로 뱉을 뻔했다. 하지만 나는 군기 바싹 든 이병이었다. 혹시나 밉보일까 숨도 쉬지 않고 가만히 앉아 있었다.

"이제 다 됐겠다."

안경 쓴 병장은 우두커니 앉은 내 옆을 지나 솥단지로 달려갔다. 그 안에 그득한 꽃게를 국자로 건져냈다. 지옥도처럼 꽃게 다리가 난잡하게 뒤엉켰다. 어림잡아 열다섯 마리는 넘어 보였다.

"먹어, 괜찮아. 먹어."

안경 쓴 병장은 계속해서 "괜찮아"라는 말을 했다. 병장은 게의 등 껍데기를 떼어내고 칼로 반을 뚝 잘랐다. 그는 큼지막한 게 반 덩이를 내 앞에 내밀었다. 그 게를 입안에 넣을 때까지도 '꽃게는 양념을 해야 하는데'라고 생각했다. 그 생각은 그때까지만 유효했다. 나와 운전병, 말년 병장 셋은 꽃게 열다섯 마리를 아작 냈다. 정확히 30분이 걸렸다. 더 먹고 싶었으나 차마 히딩크 감독처럼 "저는 아직 배고픕니다"라고 말하지 못했다. "가만히 놔둬"라는 병장의 말에 뒷정리도 하지 않은 채 조용히 내무반에 들어갔다. 다시 네모난 콘크리트 건물의 천장이 보였다. 30분 전처럼 전역일을 더듬어보지 않았다. 왜 불려 왔는지 영문을 헤아려보지도 않았다. 가늠할 것도 없이 말년 병장의 갈 곳 없는 자비심의 발로였을 것이다. 대신 된장 물로 간이 된, 달고 짭짜름하며 감칠맛이 도는 꽃게살을 반추했다. 입안으로 쏟아져나오는 듯한 압도적인 양감量感에 꽃게를 새로 발견했다.

실상 연평도는 꽃게를 위한 섬이었고 해군은 꽃게를 지키는 군대였다. 남자 주민의 팔할이 해병대 출신이라던 연평도 주민은 기가 셌다. 부대에 한 명뿐이던 밥을 해주던 아주머니는 연평도 주민답게 사나웠고 그만큼 맹렬히 우리를 먹였다. 매해 봄과 가을이면 사자 같은 성격에 갈기 같은 머리를 한 그녀는 몇백 마리 분량의 간장 게장을 담갔다. 사이다와 간장, 생강,

마늘, 고추, 청주를 섞어 같이 끓이고 식혔다가 꽃게를 재워 몇 주를 삭혔다. 나는 옆에서 눈대중으로 조리법을 익혔다. '묵은 게'가 있다는 것도 그때 알았다. 보통 잡히는 것은 햇게로 1년도 못 산 녀석이다. 간혹 배 껍데기가 검고 배를 만지면 탄탄히 살이 꽉 찬 녀석들이 있다. 그것이 몇 년을 산 묵은 게다. 살이 유별나게 꽉 차 있고 맛 또한 유별나게 좋다.

주방에서 허드렛일을 도맡고 눈치를 보며 칼을 잡는 '주방 식구'였던 나는 이따금 간장 게장 맛을 봤다. 어떤 이는 "어우 짜"라고 비명 아닌 비명을 지르며 먹지 못하기도 했다. 나는 보통 짜다고 곡소리 내는 병사 앞에 놓인 게를 슬그머니 집어 오는 축이었다. 유명하다는 집에 가서 간장 게장을 먹으면 그때의 짠맛에는 비할 바 없이 싱거운 맛이 난다. "짜지 않아 맛있네"라고 말이 나와야 맛있는 간장 게장인 시절이다. 그런 간장 게장을 먹으면 십중팔구 탈이 난다. 날이 더우면 특히 그 빈도가 잦아진다. 무턱대고 염도를 낮추니 제대로 염장이 되지 않는다. 살균 효과는 기대할 수 없다. 장醬이란 단어를 붙이는 것 자체가 말이 안 된다. 사자 머리 아주머니는 자기 음식에 악착같았고 부지런했다. 게으른 이를 보면 한 손에는 칼을 들고 재촉했다. 그 극성을 병사들은 쉽게 이해하지 못했다. 연유를 조금이나마 알 수 있었던 것은 배 나온 말년 병장의 한마디 때문이었다.

"작년에, 그러니까 월드컵 열릴 때 말이지. 앞바다에 있던 참수리랑 교신을 하는데 마지막으로 들린 소리가 '아아아악'이었어."

그 비명 소리는 2002년 6월 29일, 참수리 357호로부터 나온 것이었다.

지금도 꽃게 철이면 연평도 앞바다는 낮과 밤을 잊은 어선들이 뒤덮고 있을 것이다. 밤이면 마치 홍콩의 야경을 보듯 어화漁火가 켜져 온 바다가 환할 것이다. 자세히 보면 국적 따질 것 없이 새까맣게 타고 바싹 마른 선원들이 갑판 위에 서 있을 것도 분명하다.

지금 나는 제철을 따지며 꽃게를 먹는다. 비싸다는 랍스터도 비교할 수 없는 특유의 단맛 앞에 늘 이성을 놓친다. 이따금 그깟 게 한 마리에 목숨을 거는 조그만 섬의 기억이 떠오를 때가 있다. 그러면 맛없는 꽃게 요리에 더욱 화가 난다. 흔해서 모를 뿐이다. 값이 조금 올랐다고 '비싸다'며 호들갑 떨 일도 아니다. 그 맛과 뭇사람들의 희생에 비하면 과분한 것임을 알아야 한다.

누구에게나 힘든 순간이 있다,
대패 삼겹살

육지에 닿는 데 꼬박 여섯 시간이 걸렸다. 연평도와 육지를 잇는 500톤급 카페리 '실버스타 호'는 폭풍주의보가 내려도 바다를 건넌다고 했다. 하지만 악천후에 일정이 지연되는 것은 어쩔 수 없었다. 늦게 도착한 동인천 연안부두 선착장은 흐릿한 어둠에 물들어 쓸쓸한 기운이 감돌았다. 군대 선임 둘과 함께 나선 첫 휴가길이었다. 한 명은 1년, 또 다른 한 명은 1년 반 선임이었다. 음침한 부두 풍경에 휴가 기분이 전혀 나지 않았다. 1분이라도 빨리 집에 가고 싶은 마음을 내보일 수는 없었다. 눈이 째지고 머리가 작았던 1년 선임은 내 어깨를 치며 말했다.

"야, 뭐 먹고 싶냐? 고기? 대패 삼겹살 어때? 좋지?"

군견병이었던 그는 악명이 자자했다. 셰퍼드 군견을 길들인다며 자주 몽둥이를 들었다. 사람에게도 마찬가지였다. 처음 부대에 들어갔을 때 가까운 선임들은 그를 몰래 가리키며 조심하라고 속삭였다. 1년 선임은 아버지 기수, 2년 선임은 할아버지 기수라는 해군식 계산법을 대며 나를 싸고돌았지만 고맙지 않았다. 그와 나는 동갑이었다. 그의 입에서 '아버지'라는 말이 나올 때마다 흠칫했다. 그 와중에 잠시 대답을 미뤘다. 인천에서 굳이 삼겹살을 먹어야 하느냐는 생각이 들어서였다. 그 사이를 못 참고 그가 재촉했다.

"뭐 먹고 싶냐고!"

짜증이 섞인 그의 말에 삼겹살이 좋다고 크게 답했다. 어딘가 약간 모자랐던 다른 선임과 그는 알고 보니 인천이 집이었다. 그 둘이 자주 간다는 대패 삼겹살집은 동인천 부두 언저리에 있었다. 빳빳이 다린 해군 정복을 입고 부모님 앞에 서려던 계획은 어긋났다. 선임 뒤를 따라 기름기로 온 천지가 뒤덮인 가게에 들어섰다. 치우지 않아 더러운 탁자가 몇, 이미 고기를 굽고 있던 탁자가 몇 있었다. 노란 단발에 짧은 치마를 입은 종업원이 무표정한 얼굴로 주문을 받았다.

“대패 삼겹살 5인분에 소주 두 병요.”

선임은 마치 대단한 주문을 하듯 목소리를 높였다. 그러나 대패 삼겹살 1인분은 1,500원 정도밖에 하지 않았다. 당시 물가로도 말이 안 되는 가격이었다. 종업원은 큰 냉동고에서 대패 삼겹살을 가득 담아 테이블에 던지듯 올려놨다. 굽는 것은 내 차지였다. 대패 삼겹살은 불판에 오르자마자 노릇해졌다. 불길만 스쳐도 익는다는 말이 실감 났다. 선임은 계속 술을 권하며 “굽지만 말고 너도 먹어” 하고 말했다. 급한 대로 고기를 입에 욱여넣었다. 맛이 느껴지지 않았다. 열기와 술기운에 얼굴이 붉게 달아올랐다. 둘은 다른 간부들을 욕하며 술잔을 비웠다. 1년 선임은 작은 눈으로 카운터에 기대 선 종업원을 계속 흘깃거렸다. 먹는 속도가 점점 줄어들었다.

두 선임이 담배를 피우러 나간 사이 나는 불판 구석에 놓인 바삭하게 구운 삼겹살을 집었다. 매운 파채도 양껏 얹었다. 짙은 갈색빛으로 익은 대패 삼겹살은 고무처럼 질겼다. 고춧가루와 참기름을 듬뿍 친 파채를 곁들여야 그나마 먹을 만했다. 혹시나 들킬까 둘이 들어오기 전에 소주잔을 급히 들이켰다. 그제야 가슴 한구석 막힌 듯한 체기가 가셨다. 몇 인분을 더 먹고 나서야 저녁이 끝났다. 선임은 붉은 얼굴을 숙인 채 계산을 치렸다. 그는 종업원을 제대로 바라보지도 못했다. 사람 없는 길거리에 휴가 나온 셋이 서니 더욱 처량한 기분이 들었다. 선임은 뭐가 아쉬운지 계속 뒤를 돌아봤다. 2차를 가자는 그들을 간신히 떼어내고 한 시간이 넘게 지하철을 탔다. 집에 와서도 몸에서는 기름 군내가 가시지 않았다. 구겨진 정복을 벗어 세탁기에 던졌다. 그리고 오랫동안 대패 삼겹살을 먹지 않았다.

돌이켜보면 라디오에서 생고기가 고급이라는 광고가 나온 것이 초등학교 시절이었다. 얼린 고기는 하품下品이고 두툼하게 썬 생고기가 상품上品이라고 했다. 근래에는 대패 삼겹살이 좋지 않은 고기를 얇게 썰어 사람 미각을 기만하는 장삿속이라며 비난하기도 한다. 새끼를 낳다 늙은 암퇘지는 등급 외로 처리된다. 200킬로그램이 넘지만 고기 자체는 먹을 수 없을 정도로 질기다. 이것을 냉동해 얇게 썰어 소비할 방법을 개발한 것이니 어찌 보면 칭찬받을 일이다. 국내산 암퇘지라는 설명은 맞지만 틀리다. '등급 외'라는 표시가 없기 때문이다. 이는 돼지고기 원산지 표시는 의무이나 등급 표시는 의무가 아닌 탓이다. 허술한 제도와 이를 악용한 상술에 소비자만 피해를 본다.

이와 별개로 대패 삼겹살은 여러모로 영리한 조리법이다. 맛의 원리를 따지면 서양의 베이컨과 비슷하다. 베이컨은 염지 과정에서 수분이 빠지고 맛이 농축된다. 하품 베이컨은 염지하여 수분을 빼기보다 염지액을 살 속에 주입해 중량을 높인다. 그래봤자 굽게 되면 빠지고 말 수분이다. 팬 위에서 턱없이 쪼그라드는 베이컨 맛은 보나 마나다. 베이컨을 굽는 방법은 간단하다. 팬에 아무것도 두르지 않고 열을 서서히 가한다. 베이컨에서 기름이 빠져나온다. 베이컨은 바로 이 기름으로 굽는다. 바싹해질 때까지, 단풍나무 색이 들 때까지 굽는 게 포인트다. 흐물흐물한 베이컨은 익지 않은 것이나 마찬가지다.

제대로 된 원물을 쓴 대패 삼겹살은 베이컨처럼 그 자체로 훌륭하다. 생고기에 비해 전혀 떨어지지 않는다. 어떤 면에서는 맛이 더하다. 얇게 썰었기 때문에 식감이 섬세하다. 면이 얇으면 얇을수록 총 표면적이 넓어져 맛이 풍부해지는 효과와 같다. 씹는 식감은 덜해지지만 맛은 증폭된다.

몇 년 사이 대패 삼겹살이 다시 주목받은 이유도 거기에 있다. 옛날처럼 낮은 등급의 돼지를 쓰지도 않는다. 좋은 등급의 생고기를 일부러 급랭해 쓰는 집도 많다. 선명한 분홍색에 구워도 전혀 잡내가 나지 않는다. 구우면 투명하고 말간 기름이 똑똑 떨어진다. 낮은 불로 천천히 기름을 빼서 바삭하게 굽기도 하고 센 불에 살짝 구워 먹기도 한다. 두껍게 썬 고기를 구웠을 때 느낄 수 있는 두툼한 식감과 두께 속에 가둬진 육즙을 기대할 수는 없지만, 과자처럼 바스러지는 감각 또한 못지않은 쾌감을 준다. 한 번 판이 달궈지면 익는 속도가 빠르고 구워줄 필요가 없기 때문에 식당 입장에서도 남는 장사다. 값도 절대 싸지 않다. 맛이 달라지며 대접도 달라진 것이다.

주머니가 가볍던 어린 시절에도 맛은 알았다. 단지 형편이 닿지 않았을 뿐이다. 사람을 유난히 많이 때리던 날카로운 눈빛의 선임도 마냥 편하지만은 않았을 것이다. 누구나 힘든 시절이었다. 하지만 나는 그를 '알고 보면 좋은 사람'이라고 추억하고 싶지는 않다. 지금도 가끔 살기 어린 그의 두 눈이 떠오를 때가 있다. 그러면 내가 군대를 제대하고 십여 년 동안 대패 삼겹살을 먹지 않았던 이유를 새삼 깨닫는다.

얼마만큼 갈고 또 갈아야, 칼

말년 병장은 칼질을 가르쳐주며 선심 쓰는 듯 말했다.

"원래 칼 잡는 건 상병 때부터야."

이병이었던 나는 "감사합니다"라고 짧게 답하고 선임의 손놀림을 지켜봤다. 선임은 위에서 아래로 소리가 나게 칼을 내려치는 것이 아니라, 칼끝을 도마에 대고 밀고 당기면서 부드럽게 파를 썰었다.

"강아지 손 알재? 그렇게 손을 오므리고 재료를 잡는 겨."

전라도 출신이었던 병장은 제대를 앞뒀기 때문일까? 자상한 말투로 포인트를 집어주며 시범을 보였다. 몇 번 따라 했을 때 어느덧 의도한 두께로 파가 썰려 나갔다. 선임이 걸음마를 뗀 아이를 칭찬하듯 말했다.

"잘하네잉."

그렇게 코앞에 북한이 보이는 연평도 해군기지 주방에서 처음 칼질을 배웠다. 칼을 잡을 때마다 온몸이 뜨거워졌다. 살을 베고 피를 부르는 칼날이 손을 1밀리미터 차이로 지나 재료를 썰 때마다, 순간순간마다 액셀을 끝까지 밟은 것처럼 신경이 곤두섰다. 일과가 끝난 밤에 혼자 칼을 갈면서 다시 칼을 잡을 순간을 고대했다.

"적힌 번호대로 가져가세요. 아주 잘 드는 새 칼이에요."

제대하고도 몇 년 후, 영국의 요리학교에서 다시 칼을 마주했다. 푸짐한 인상의 영국 요리 선생님이 건네줬던 칼은 윤이 반짝반짝 나는 독일제였다. 크고 작은 칼자루가 빼곡히 들어선 칼 가방을 방바닥에 펼쳐놓았다. 내가 처음 받았던 칼들의 면면은 다음과 같다.

식도 · 필릿나이프fillet knife · 굴칼 · 빵칼 · 연어칼 · 터닝나이프turning knife · 톱니칼serrated knife · 과일칼paring knife · 감자필러 · 팔레트나이프palette knife

칼이 아닌 뒤집개, 거품기, 온도계, 족집게 같은 다른 도구도 함께 받았다. 학교를 졸업하고 연어칼, 회칼, 타이머, 핀셋 등을 차례로 사게 되니 늘 칼 가방은 한 짐이었다. 날이 휘어지는 필릿나이프로는 생선포를 떴고 낚싯바늘처럼 휘어진 작은 터닝나이프로는 감자를 올리브 모양으로 세공했다.

학교를 떠나 나의 노동으로 돈을 받으며, 덕분에 욕도 먹고 잠을 줄이고 허리에 통증을 얻었던 프로의 주방에서는 저 작은 칼과 도구로 재료를 어르고 달랬다. 그 모습은 서양 주방, 특히 프랑스 요리를 하는 주방을 대표하는 하나의 상징이다. 보통 프랑스 요리를 넣어 세계 3대 요리를 완성하지만 프랑스 요리의 중요한 가치 중 하나는 음식에만 있는 것이 아니다. 오히려 요리의 용어를 정리하고 각각의 기술을 정의했으며 그에 따라 주방의 구조, 요리사의 계급, 계급에 따라 수행해야 할 역할을 정립한 역사적 맥락에 더 큰 의미가 있다. 그 맥락 속에 개발된 것이 저 도구들이며 저 다양한 칼이다.

그럼에도 매 순간 다른 칼을 꺼내서 쓰는 것은 귀찮다. 손에 익으면 큰 칼로도 세세한 기술을 쓸 수가 있으니 결국 자주 쓰는 칼이 생긴다.

'25센티미터를 살 것인가? 21센티미터를 살 것인가?'

호주의 어느 날 밤 한참을 고민했다. 문제는 칼의 길이였다. 일단 칼이 크면 당연히 장소를 많이 차지한다. 남자들끼리 엉덩이를 부딪쳐가며 일하는 작은 주방에서 큰 칼은 부담스럽다. 더구나 정신없이 바쁜 저녁 피크 타임에 큰 칼을 꺼내두면 오며 가며 위험할 수도 있다. 반면 큰 산이 작은 산을 품듯 큰 칼이 주는 매력이 있다. 우선 큰 재료를 다듬기 편하다. 칼날이 크니 빠르게 작업할 수 있는 것도 큰 이점이다. 고민 끝에 내가 손에 쥔 것은 25센티미터짜리 일제 칼이었다.

"와우, 멋진데! 나도 이 브랜드 좋아하지."

번쩍이는 새 칼을 들고 출근한 날, 멀리서 일하던 한 동료가 내 자리까지 와서는 알은체했다. 서양 요리사들 역시 일본 칼을 많이 쓴다. 주방용품 매장 칼 코너에 가면 절반 이상이 일본 칼이다. 인기만큼이나 가격도 높다. 차로 치면 스포츠카다. 스포츠카의 최고 속도가 높듯 일본 칼은 대개 아주 단단하다. 또한 두께가 얇다. 보통 서양 칼의 칼날 각도가 20도~25도 내외라면 일본 칼은 15도~18도 안팎을 넘나든다. 칼날이 얇다는 뜻이고 또 그만큼 무게가 가볍다. 손목에 무리도 덜 간다. 하지만 얻는 게 있으면 잃는 게 있는 법이다.

"칼이 깨진 거야?"

며칠 후 새 칼로 기분 좋게 통후추를 으깨다가 '으드득' 하는 기분 나쁜 소리를 들었다. 통후추에 칼날이 부러진 것이었다. 지나가던 동료는 부러진 칼날을 보고 눈을 크게 뜨며 물었다. 부러질지언정 휘지 않는 대나무처럼 칼날이 단단하고 얇으니 부서지기도 쉽다. 이에 비해 일본 칼과 세계 칼 시장을 양분하는 독일제는 비교적 경도가 무르고 칼이 무겁다. 날이 쉽게 무뎌지지만 또 쉽게 날을 세울 수도 있다. 막 쓰기도 좋다. 필수 혼수품이라는 독일제 쌍둥이 칼은 프로 주방에서는 보기 힘들다. 요리사들은 맥가이버 칼을 만드는 빅토리녹스나 우스토프 드라이작을 많이 쓴다. 가격대 성능비가 우수한 브랜드다.

그러나 아무리 칼이 좋아도 잘 갈아 쓰지 않으면 그저 그런 칼일 뿐이다. 나는 모두가 퇴근하고 난 주방에 혼자 남아 군대에서처럼 칼을 갈곤 했다. 칼날이 벼려질 때면 나 역시 그렇게 날카로운 도구가 되는 것 같았다. 한 곳만을 바라보고 한 곳만을 향해 달려가는 무모한 청춘이고 싶었다. 이것이 아니면 안 되는 절박함이 나를 지배했다. 번 돈의 대부분으로 다른 이가 만든 음식을 먹었고 또 칼을 샀다. 또 다른 칼을 알아보던 어떤 밤이었다. 오래 울었다. 인터넷 요리사 동호회에서 누군가 올린 문장 때문이었다.

'장사 안 되고, 기분이 울적할 때마다 칼을 갈았다. 오늘은

나를 얼마만큼 갈고 또 갈아야 할까?

두 시간 정도 갈았던 것 같다. 둥근 칼이 이제 일자가 됐다.'

나를 얼마만큼 갈고 또 갈아야 할까? 잠을 이루지 못했고 바다 건너 울적할 때마다 칼을 갈았던 이를 떠올리며 아침을 맞이했다. 몇 해가 지난 지금도 나는 칼을 잡을 때의 짜릿함을 잃어버리지 않았다. 나를 피로하게 만들고 한밤중 울게 하였던 그 막막함 역시 마찬가지다.

맛을 지킨다는 것,
쌀국수

서울은 영하 10도, 베트남 호치민은 영상 25도다. 비행기로 다섯 시간 남짓, 그사이에 두꺼운 코트를 벗고 바삭거리는 셔츠로 갈아입었다. 겨울 호치민은 살 만하다. 한풀 꺾인 태양의 기세는 얌전한 강아지처럼 만만하고 바다를 닮은 하늘은 푸르고 맑다. 그러나 시내 풍경은 뜨겁다 못해 살벌하기까지 하다. 출퇴근 오토바이 행렬이 밀물처럼 밀려들고 매연은 살인적이다. 그래도 괜찮았다. 그곳은 베트남, 쌀국수의 나라니까.

쌀국수, 국제적으로는 퍼pho라고 부르는 이 고기 국수를 사랑한다. 아무리 부어라 마셔도 다음 날 숙주 듬뿍 넣은 쌀국수 한 그릇이면 개운한 위장과 함께 또 새로운 날을 산다. 베트남은 해장의 명약인 쌀국수의 원조이자 메카다. 거리 곳곳에 쌀국수집이 넘쳐난다. 이 사람들은 온종일 쌀국수만 먹고 사는 게 아닐까 하는 추측이 들 정도로 쌀국수집이 많다. 그러나 강호에 아무리 고수가 많아도 그중 최고는 있는 법, 차고 넘치는 호치민의 쌀국수집 중 꼭 가야 할 곳이 있다. 이름은 '퍼호아 파스퇴르PhoHoa Pasteur', 국내에 있는 체인점과 헷갈리지 말자. 이 퍼호아는 전 세계에 호치민 파스퇴르 거리 한 곳뿐이다.

"가족 비즈니스지. 온 가족이 함께 일해."

《뉴욕타임스》에도 소개된 퍼호아를 이끄는 것은 나보다 머리 하나가 작았던 미스터 린이다. 현지 지인으로부터 우연히 소개받은 미스터 린, 키는 작지만 얕보면 안 된다. 퍼호아 앞에는 늘 노란 포르쉐가 주차되어 있는데, 이 남자 것이다. 그것뿐인가?

"람보르기니는 주차장에 있어."

미스터 린이 아무렇지도 않다는 듯 맑은 눈을 반짝이며 말하는데 괜히 기가 죽는다. 미스터 린에게 람보르기니와 포르쉐를 가져다준 퍼호아는 3층 건물이다. 1층은 주방과 홀, 2, 3층 건물 전체에 노랑머리, 검은 머리, 남자, 여자, 현지인, 여행객이 가득하다. 테이블 가운데에는 한국에서 찾기 힘든 타이 바질Thai basil과 대나무 잎사귀 비슷하게 생긴 쿨란트로culantro, 초록 라임이 쌈밥집에 온 것처럼 한 상 깔려 있다. 이제 선택의 순간이다. 뭘 먹을 것인가? 닭고기로 만든 퍼가pho ga도 좋지만 역시 가장 만만한 것은 쇠고기 퍼다. 김이 모락모락 나는 자태, 한국과 달리 숙주는 육수에 한 번 데쳐서 가지고 온다. 한 숟가락 국물을 맛보니 익숙한 맛인데 뭔가 다르다. 한국의 쌀국수 맛이 CD로 듣는 음악이라면 베트남 퍼호아 쌀국수의 맛은 눈앞에서 펼쳐진 라이브 음악이다. 20세기 손꼽히는 명 지휘자 첼리비다케가 "레코드음악을 듣는 것은 브리지트 바르도의 사진을 품고 침대에 드는 것과 같다"라고 말했듯 베트남 쌀국수의 생생함은 몸으로 느끼지 못하면 이해할 수 없다. 짙은 풍미의 소고기는 부드럽고 열대에서 자란 허브 향은 힘이 넘친다. 레몬보다 산도가 더 높은 라임을 뿌려 신맛을 더하니 풍미가 더욱 다채로워진다. 감히 말하건대 완벽한 한 그릇이다.

원래 쌀국수는 빨리 먹는 음식이다. 19세기 말 베트남이 프랑스의 식민 지배를 받던 시절, 호치민 저 위쪽 하노이에서 쌀국수가 탄생했다는 것이 정설이다. 그전에도 쌀국수가 있었다고 하는 설도 있지만 글쎄, 여러모로 따져 보면 19세기 하노이 설이 꽤 타당하게 들린다. 우선 이름이 그렇다. 퍼라는 이름이 프랑스 요리 중 하나 포트푀pot au feu에서 유래했다는 것이다. 이 프랑스 어원설에 대해선 광둥어에서 온 것이다, 아니다 베트남어에 있던 말이다 등등 이견이 많다. 나 역시 언어학자도 아니면서 어원을 따지는 것은 주제넘은 법, 대신 조리법을 살펴보면 프랑스 영향설은 꽤 설득력 있다. 베트남 쌀국수 육수를 만들 때 대부분의 동양권과는 다르게 양파와 같은 향신 채소를 먼저 팬에 갈색빛 나게 구워 육수에 농도와 맛을 더한다.

아는 척을 하자면 브라우닝browning이라고 하는데 이것은 분명 프랑스 전통이다. 그럼 19세기 말, 하필이면 그때 왜 쌀국수가 탄생한 걸까? 당연히 사람들을 먹이기 위해서였다. 식민 자본의 침투에 힘입어 산업의 중심지로 성장하던 하노이에 사람들이 몰려들고 그들이 후루룩 빨리 먹을 수 있도록 퍼가 만들어졌다는 것이다. 이 퍼는 20세기 중반, 베트남 전쟁의 참화 속에 보트피플을 따라 전 세계로 퍼지게 된다. 한국에 들어온 첫 쌀국수 체인이 베트남이 아니라 미국 것인 이유다.

"괜찮아?"

"응. 진짜 맛있네."

짧은 영어를 쓰는 미스터 린이 짧게 묻고 나 역시 비슷한 길이의 영어로 답했다. 영어 난이도를 보니 이 퍼호아가 미국 것이 아닌 게 더욱 확실해진다. 내 대답에 미스터 린이 씩 웃었다. 내가 너무 걸신들린 것처럼 먹었나?

"주방을 보여줄게."

말도 하지 않았는데 미스터 린이 나를 주방으로 이끌었다. 조리법을 캐묻는 나에게 구구절절한 설명보다 한 번 보여주는 게 낫겠다는 계산이었나 보다. 1층 건물 뒤쪽을 통째로 쓰는 주방에 들어가니 화덕에는 커다란 살코기가 담긴 솥 세 개가 얌전히 끓고 있었고 한쪽에서는 사람들이 허브를 꼼꼼히 다듬고 있었다.

"육수는 여덟 시간 끓이고 허브는 매일 손질해. 육수에는 양파, 시나몬, 스타아니스, 카르다몸, 생강을 넣고."

물어보면 즉시 나오는 대답, 비법이랄 게 없다는 태도였다. 여기에 록 슈거rock sugar라고 하는 원당과 한국의 액젓 비슷한 느억맘을 넣어 간을 하면 육수가 완성된다고 했다. 그럼 면은? 저 하얗고 하늘거리는 생면은 어디서 오는가?

"면은 하루에 두 번 면 공장에서 받아와."

미스터 린의 대답은 간단했다. 생면은 상하기 쉽기 때문에 오전 오후 나눠 받아서 쓴다는 것이다. 한국과 베트남 쌀국수 맛의 차이는 육수보다는 면에서 갈린다. 한 번 건조시켰던 것을 다시 물에 불려 삶아 쓰는 한국의 면은 베트남의 생면에 비해서는 아쉬운 점이 많다. 저장이 쉬워 베트남 쌀국수를 전 세계로 퍼뜨린 주역이긴 하지만 목구멍으로 흘러들어가는 생면의 우아한 식감을 떠올리면 맛의 차이는 몇 급수 위다. 한국에도 생면 쓰는 집이 여럿 생겼지만 종주국의 퀄리티는 따라잡지 못했다. 생면은 만들기 쉽지 않다. 쌀을 물에 불려 곱게 빻은 다음 사흘 정도 침전시키고 건조해 쌀가루를 만들고 다시 여기에 물을 섞은 다음 증기를 쐬어 면을 뽑는다. 말이 쉽지 이 단어 사이사이에 노하우가 숨어 있다. 하다못해 쌀만 해도 오래된 쌀과 햅쌀을 섞기도 하며 쌀 품종도 가린다고 하니 제면의 세계는 참으로 오묘하다.

"베트남 말고 다른 나라에서 해볼 생각은 없어?"

분명 퍼호아의 쌀국수 맛이라면 사람들이 줄을 설 텐데 왜 베트남에서만 장사를 고집하는지 의문이 들었다. 한국에 이 퍼호아를 가지고 온다면! 미스터 린은 머리를 절레절레 흔들었다.

"호주에서 한번 해보려고 했지만 우리가 원하는 재료를 구할 수가 없었어. 우리는 쌀국수 맛이 변하는 걸 원하지 않아."

그 순간만은 이 키 작은 베트남 남자가 멋있어 보였다. 단호

한 표정, 얼굴에 미소는 사라지지 않았지만 뒤에 서린 고집이 만만치 않아 보였다.

백일몽 같던 베트남에서의 며칠 후, 한국에 돌아왔지만 쌀국수의 맛은 한 자리 틀린 로또 복권처럼 꿈에서도 아쉬움이 남았다. 쌀국수의 맛이란 고온의 물속에서 벌어진 소고기와 일련의 허브 속 화학 분자 융해 과정의 결과물만은 아닐 것이다. 그보다는 사람들의 분주한 몸놀림, 까맣게 탄 피부, 사람 좋게 웃던 미소, 그리고 몇십 년 동안 한자리에서 맛을 지켜온 그 뚝심의 집합체가 아닐까?

소박하고 담담한 한 그릇,
볼로네제

찾는 글자는 단 하나였다. 볼로네제bolognese. 이 단어가 들어가는 파스타를 꼭 먹어야겠다는 생각이 머릿속에 가득 차 있었다. 이탈리아행 비행기를 타면서부터였다. 르네상스의 본산이라고 하는 피렌체 중앙시장의 한 식당에서 공부를 하듯이 메뉴판을 읽어내렸다. 멋스럽게 필기체로 적힌 메뉴판에서 익숙한 글자를 찾은 것은 메이드 복장 점원이 빵을 가져다 놓은 다음이었다.

"볼로네제 탈리아텔레!"

'유레카'를 외치듯, 그러나 띄엄띄엄 주문을 넣었다. 탈리아텔레는 칼국수처럼 넓적한 파스타였다. 점원은 그럴 줄 알았다는 듯 웃으며 대답했다.

"그라치에grazie!"

이탈리아에 간 이유는 두 가지였다. 파스타를 먹는다. 피자를 먹는다. 로마에서 콜로세움을 보고 피렌체에서 영화 〈냉정과 열정 사이(2001)〉에 나온 두오모에 오르는 것도 물론 계획에 있었지만 먹는 것이 최우선이었다. 온 도시가 문화유산으로 지정된 피렌체는 이탈리아의 수많은 도시가 그렇듯 관광객으로 뒤덮여 있었지만 베네치아처럼 영혼마저 퇴락한 도시는 아니었다. 과거의 유산으로 현재를 영위할지언정 자존심만은 여전한 것 같았다. 움푹움푹 팬 좁은 도로를 지나 예스럽게 끝을 올린 글자체로 적힌 간판을 찾으면 실패할 확률은 낮았다. 웬만한 식당 어느 곳에서나 피렌체 특산품이라는 티본스테이크와 옆 도시 볼로냐가 원조인 볼로네제 파스타를 팔고 있었다.

피렌체의 티본스테이크는 한우와 달리 마블링이 거의 없다. 마블링이 없으면 자연히 고기가 질겨진다. 목구멍으로 한 번에 넘어가지 않으니 오래 씹게 되는 것은 당연하다. 그런데 그 과정에서 몰랐던 맛이 나온다. 이렇게 기름기 없는 고기는 핏기 없이 익히면 도저히 먹을 수 없으니 자연히 핏물이 흐르는 레어rare 상태다. 주문할 때 물어보지도 않는다. 스테이크는 나에게 중요하지 않았다. 고기는 고기일 뿐이었다. 스테이크 옆에 놓인 볼로네제 파스타가 우선이었다. 덮치듯 포크를 잡기에 앞서 볼로네제 파스타를 유심히 살펴봤다. 형태를 잃은 채소는 잘게 다진 고기와 함께 면에 엉겨 붙어 있었다. 누군가 오래오래 팬 앞에서 주걱을 휘저었을 것이 분명했다.

"아니야, 아니야. 더 오래 볶아야 돼."

영화 〈시스터 액트(1992)〉에 나오는 수녀 같았던 메리사가 선도부 선생 같은 목소리로 말했다. 6년 전 호주의 한 호텔에서 일하던 시절 셀러리, 양파, 당근을 볶고 또 볶았다. 양파는 이미 투명해졌고 당근은 주걱이 스치기만 해도 물러질 것 같았다. 제일 조직이 연한 셀러리도 곤죽이 되기 일보 직전이었다. 아프리카 어딘가 출신이었던 메리사는 꼬불꼬불한 머리카락에 큰 목청으로 룸서비스로 나가는 음식을 책임졌다. 가장 인기 있는 메뉴는 볼로네제 파스타였다. 한꺼번에 만들어놓고 그때그때 데워 쓰는데 하필 내가 룸서비스 지원을 나갔을 때 볼로네제 소스가 떨어졌다. 메리사는 딱 걸렸다는 표정으로 나를 불러 세웠다. 한참 동안 채소를 볶다 간 소고기를 넣으라는 지시가 떨어졌다. 소고기를 넣고 뭉친 것 없이 잘 펴가며 혹시나 탈까 골고루 열심히 주걱질했다. 팔에 힘줄이 돋고 이마에서 땀이 흘렀다.

메리사가 선심 쓴다는 듯 "물?"이라고 물어봤지만 나는 단호히 거절했다. 이미 빈정은 상했다고! 고기가 어느 정도 익으면 우유를 붓고 끓인 다음 육두구를 갈아 넣었다. 잡맛을 없애고 향을 피워놓은 듯 고급스러운 풍미를 내기 위해서다.

"절대 많이 넣으면 안 돼. 왜인지 알아?"

메리사는 역시나 엄한 목소리로 말했다.

"안다고. 알아."

나는 왜 아는 걸 물어보냐는 뉘앙스로 앙갚음을 하듯 답했다. 육두구는 많이 먹으면 환각 효과가 난다. 하지만 향이 강해서 의도가 있지 않은 이상 많이 먹기는 힘들다. 육두구 다음에는 화이트 와인을 붓고 잘 끓인 다음 토마토 통조림을 따서 집어넣었다. 통조림 안쪽에 묻은 찌꺼기까지 물로 씻어내 넣어야 일 잘한다는 소리를 듣는 게 주방이다. 빨간물이 안 보일 때까지 싹싹 씻어 넣고 불을 최소로 낮췄다. 그 모습을 보는 메리사의 얼굴에서 내가 잘했다는 흡족함인지 본인이 할 일을 남이 했다는 만족감인지 모를 웃음이 스쳐지나갔다. 그 후로 두어 시간이 흐른 다음에야 볼로네제 소스가 완성됐다. 물기가 거의 없이 진득하고 맛도 진했다.

나는 볼로네제 소스를 입에 넣고 나도 모르게 눈을 감았다. 먼저 예전에 만들었던 볼로네제 소스의 맛을 기억해냈다. 그리고 입속에 들어가 있는 볼로네제 소스와 맛을 비교해보았다. 물 건너간 볼로네제 소스는 훨씬 더 토마토 맛이 진했다. 바꿔 말하면 조금 더 달고 감칠맛이 강했다. 대개 고향을 떠나 물 건너간 음식들이 맞게 되는 변화였다. 이방인의 입맛을 사로잡아야 하니 편하고 익숙한 단맛과 감칠맛이 늘어난다. 피렌체의 볼로네제 소스는 그에 비해 맛이 담백했다. 그 여백을 소금 간이 채우고 있었다. 본래 파스타는 가난한 시절 싼 값에 배를 채우기 위해 만들어진 음식이라고 하니 소박한 차림새가 더 어울리는 것 같기도 했다. 접시에 남은 소스까지 긁어먹고 나서야 식사를 마쳤다. 그 후로도 매일같이 파스타를 먹었다. 질린다 싶을 즈음 여행이 끝났고 돌아오자마자 얼큰한 라면을 찾았다. 며칠 뒤 한밤중에 피렌체에서 먹은 볼로네제 파스타 생각이 났다. 쫄깃하지도 않고 뜨겁지도 않은 이탈리아 국수 꿈을 꿨다.

오래 끓여 남긴 소박하고 담담한 한 그릇. 매일을 채우는 질박한 끼니. 몸을 움직여 버텼던 시간. 공기 중에 감도는 달큰한 토마토 향처럼 늘 거기 있으나 느끼지 못했던 것들. 땅을 건너면 잃어버리고 마는 사람과 땅의 향기. 그것이 담긴 음식은 매번 잠을 깨우고 꿈을 부른다.

다시 오지 않을 그 시절,
냉이 된장찌개

집에는 고양이뿐이었다. 대학교 4학년 마지막 학기, 수업은 적고 시간은 많았다. 수업은 학교에서 밥은 집에서가 원칙이었다. 밖에 나가 밥을 먹으면 다 돈이었다. 먼저 냉동실을 열었다. 얼려놓은 쌀밥이 비닐에 담겨 있었다. 전기밥솥에 밥을 오래 두면 맛이 상하니 차라리 얼려둔 것이었다. 밥을 꺼내다 냉동실 저 안쪽에서 다른 색으로 빛나는 봉지가 있었다. 호기심에 봉지를 꺼내 열었다. 하얗게 김이 서린 냉이였다. 이른 봄 얼려놨을 그것이었다. 봉지를 꺼내 도마 옆에 두었다. 식단은 냉동 밥에 된장찌개, 달걀프라이였다. 밥은 전자레인지에 데웠고 달걀은 두서너 개 깨서 팬에 지졌다. 된장찌개도 금방이었

다. 김치찌개는 오래, 된장찌개는 빨리 해야 한다는 말이 있다. 일본식으로 된장찌개를 만들 때는 물이 끓으면 불을 끄고 된장을 푼다. 된장의 향긋한 내음이 거친 열을 오래 받으면 다 날아가 버린다.

타이밍을 맞추는 노하우는 간단했다. 재료를 잘게 써는 것이다. 군대에서 배운 칼질로 감자, 양파, 고추, 애호박을 얇고 작게 잘랐다. 큰 멸치 몇 마리와 다시마 한 장, 마늘 한 쪽을 뚝배기에 넣고 우르르 끓였다. 감자가 몽글몽글해질 무렵 된장을 풀었다. 단단히 엉겨 있던 덩어리가 물에 흩어지며 달큰한 향이 올라왔다. 마지막에 냉이를 넣었다. 냉이가 데워지며 다시 국이 끓을 때 불을 껐다. 뚝배기의 잔열로도 어차피 재료는 계속 익을 터, 오래 기다릴 필요는 없었다. 전날 먹다 남아 랩을 씌어놓은 김치 종지도 꺼냈다. 간단한 상이 완성됐다. 조용한 가운데 밥을 먹기 시작했다. 늦여름이었지만 얼려놓았던 냉이의 향은 여전히 쨍쨍했다. 풀의 풋내와 뿌리에서 올라오는 흙냄새가 아무도 없는 집에 봄을 가져왔다.

초등학교 시절 겨울방학이 끝나고 등교할 때면 아직 얼음이 채 녹지 않은 산에 허리가 굽은 할머니들이 가득했다. 양지 바른 곳이면 이제 갓 새싹이 나는 시기였다. 학교가 산 중턱에 있어 작은 몸으로 비탈길을 걸어 올라가면 숨이 턱턱 막혔다. 껴입은 옷은 여전히 두꺼웠지만 금세 땀이 났다. 길옆으로 벚꽃이 막 피고 개나리가 만발했다. 친구들과 재잘거리며 언덕을 다 넘어갈 즈음에 보이는 것이 바로 할머니들이었다.

"저기 우리 할매 있다 아이가."

함께 하교를 할 때면 늘 할머니가 "인제 왔나 내 새끼"라고 말하며 반기던 친구가 소리쳤다. 골목길에서 해가 질 무렵이면 할머니 손에 이끌려 가장 먼저 사라지던 친구였다. 봄이 되면 그 골목길에는 온통 할매들이 따온 냉이 지천이었다. 아침나절 따온 냉이를 햇볕에 말리기도 하고 다듬기도 하면서 손주들 하굣길을 기다리던 것이었다. 우리는 봄 햇살을 뚫고 길을 걸으며 냉이 내음을 맞았다. 집에 가방을 내팽개치고 들어서면 냉이 된장찌개 냄새가 나를 반겼다. 찌개만이 아니었다. 냉이를 초고추장에 무쳐 반찬으로 내놓기도 했고 때로 어머니 기분이 좋으면 노릇한 전이 되어 아버지가 술잔을 챙기게 만들었다. 날이 더워지면 냉이는 밥상에서 사라졌다. 뜨거운 햇볕 아래 어리고 여린 이파리는 사라지고 억세고 드센 것들만 남아 섬세한 향기는 날아가고 없었다.

계절이 바뀌듯 나이를 먹었다. 웃자란 상추 대처럼 해가 바

언 땅에 뿌리를 박고 찬바람에 몸을 숙여가며 초록빛을 이끌어낸 기운은 말끔하지 않을지언정 못나지 않았다. 통제할 수 없고 다듬을 수 없는 저 생명의 힘이 그 작은 몸에 있었다.

뀔 때마다 키가 머리 하나만큼 커졌다. 식성은 저수지에 풀어 놓은 블루길, 베스처럼 먹성이 좋다 못해 흉포해졌다. 먹을 수 있는 것이면 뭐든지 입속에 밀어 넣었다. 목소리는 굵어지고 성격이 드세졌다. 여드름이 나고 몸 곳곳에서 털이 자랐다. 맛과 향이 강한 것을 찾았다. 고기가 아니면 배가 부르지 않았다. 대학에 가서는 술맛을 알게 되고 긴 밤 다음 날이면 진하게 끓인 해장국을 찾았다. 군대에 가서는 단맛 나는 것이면 환장을 했다. 그리고 서른이 넘어 주방 구석에 서서 향신료와 채소를 다듬으며 잊었던 여린 향기를 되찾았다.

서양 주방에서 가장 허드렛일은 설거지가 아니다. 웬만한 주방에서는 설거지하는 인력이 따로 있다. 양파 썰기, 감자 껍질 깎기도 늘 있는 일은 아니다. 그러나 허브 손질은 끝이 없다. 이탈리아 요리에 빼놓을 수 없는 파슬리는 기본이다. 고기 요리에 주로 쓰는 로즈메리와 타임thyme, 연어 등 해산물 요리에 자주 등장하는 딜dill, 파스타와 피자에 주로 들어가며 제일 잘 상하는 바질, 칵테일이나 샐러드에 들어가는 민트 등 새로 이름을 외우고 조리법을 익혀야 하는 허브가 수두룩했다. 한 번 다듬어 놓았다고 해서 오래가지 않으니 수시로 준비해야 한다. 덩치 큰 요리사들은 허브를 다듬을 때면 마치 꽃꽂이 교실에

라도 온 것처럼 허리를 굽히고 잡담을 하면서 쉼 없이 손을 놀렸다. 거친 줄기에서 연한 이파리만 떼어내는 것이다. 다듬은 허브는 조리의 마지막 단계, 혹은 완성된 이후 요리 위에 뿌리거나 곁들이게 된다. 열 때문에 향이 날아가고 조직이 물러져 식감이 상하는 것을 방지하기 위해서다.

나는 허드렛일인 허브 다듬기를 좋아했다. 나뿐만 아니었다. 언젠가 이웃 가게에서 하루 저녁 일을 도우러 왔던 덩치가 크고 수염에 잔뜩 난 인도 셰프도 큰 눈을 굴리며 말했다.

"이 일을 정말 좋아해."

그의 손에는 자그마한 파슬리 줄기가 들려 있었다. 입에 머금으면 살짝 쓰지만 희미하게 레몬 향이 풍기는 파슬리를 한참 만지고 나면 내 손에서 한 번도 가보지 못한 이탈리아 어딘가의 풀밭이 펼쳐지는 것 같았다. 레몬 나무 아래 누워 푸른 향을 맡으며 오후 나절 낮잠을 자는 것 같은 백일몽을 꾸기도 했다. 그러나 어두운 주방을 나와 가로등만 켜진 이국의 거리를 걸으며 생각한 것은 어린 날 지겨울 정도로 맡던 냉이의 향이었다. 거친 흙내음을 품었지만 어딘지 모르게 볼을 붉히던 수줍은 향을 머금은 냉이는 서양 허브와 다르다. 사시사철 하우스에서 재배되는 허브는 잘 정돈되고 말끔한 향을 가졌다. 그에 비해 냉이는 촌스러울 정도로 향이 투박하다. 하지만 힘이 있다. 언 땅에 뿌리를 내리고 찬바람에 몸을 숙여가며 초록빛을 이끌어낸 기운은 말끔하지 않을지언정 못나지 않다. 통제할 수 없고 다듬을 수 없는 저 생명의 힘이 그 작은 몸에 있다.

취업 준비를 하며 홀로 밥을 먹던 이십 대 후반, 그 시절 나는 냉이를 듬뿍 넣은 된장찌개에 얼마나 힘을 얻었던가? 웃자라 버려 쓸모없어진 냉이 줄기처럼 몸만 커지고 나이만 들었다며 자책한 순간은 없었던가? 시간이 갈수록 지난날에 대한 후회와 연민만 많아진다. 찬란한 봄처럼 그 시절은 다시 오지 않음을 이제는 알기 때문이다.

3

뜨거우며 짜고 달았던 시간의 맛

한 조각이 만드는 생의 기쁨,
식빵

눈을 뜨자마자 빵 생각이 났다. 정확히 말하자면 꿈에서도 빵이 나왔다. 나는 빵에 미쳐 있었다. 새벽 여섯 시, 난방을 거의 하지 않는 영국의 오래된 단독주택 이층 골방 침대에서 여러 번 몸을 뒤척였다. 따뜻한 이불 속을 나가기 싫었다. 유리창에는 하얀 성에가 껴 있었다. 해가 뜨려면 몇 시간은 더 기다려야 했다.

요리학교는 아홉 시에 첫 수업이었다. 세 시간이 남았다. 큰 결심을 하듯 이불을 박차고 나왔다. 온몸이 떨렸다. 미온도 느껴지지 않는 주방으로 내려갔다. 밀가루와 우유, 물, 소금, 버터, 이스트를 준비했다. 아침에 먹을 빵을 만들기 위해서였다.

저울을 꺼내 밀가루를 계량했다. 그램 단위까지 맞춘 밀가루는 체를 쳐서 뭉친 것이 없도록 했다. 이스트는 미지근한 물에 풀었다. 자칫 뜨거운 물에 넣으면 이스트가 죽어 발효가 되지 않고, 물이 차가우면 시간이 오래 걸린다. 손을 넣었을 때 기분 좋을 정도가 알맞다. 물과 우유도 눈대중이 아니라 저울로 정확히 용량을 맞췄다.

계량이 끝나면 반죽 차례였다. 큰 그릇을 준비하고 우선 소금과 밀가루를 넣었다. 버터는 손가락 끝으로 밀가루에 비비듯 풀어 섞었다. 물과 우유를 부었다. 큰비가 내려 골목으로 흙탕물이 쓸려 내려오듯 밀가루와 수분이 지저분하게 엉겼다. 조금씩 조금씩 물을 붓고 손으로 반죽을 어루만졌다. 겨우 하나의 덩어리가 되었다. 반죽을 그릇에서 빼내 작업대에 올려놓았다. 본격적인 반죽을 시작했다. 손에 닿는 반죽의 느낌은 매번 새로웠다. 끈적거리면서도 산뜻하고 차가우면서도 살아 있는 생명체처럼 꿈틀거리는 반죽과 씨름하다 보면 몸에서 조금씩 열이 났다.

작업대에 달라붙고 결이 제멋대로 찢어지던 반죽도 시간과 힘을 들이면 조금씩 하나로 뭉쳐져 이윽고 깨끗하고 탄력 있는 하나의 덩어리가 되었다. 손으로 반죽을 찔렀을 때 저절로 튀어 올라오면 어느 정도 반죽이 다 된 것이다. 그쯤 오븐을 켰다. 치치직 하는 소리와 함께 오븐의 파란 불이 들어왔다. 오븐 옆은 반죽 자리였다. 주방에 퍼져나갈 온기에 힘입어 반죽은 두 배로 부풀 것이다. 시간은 너무 빨라도 좋지 않다. 서서히, 차근히 숙성된 반죽은 조직이 치밀하고 맛이 복잡하다.

반죽을 담은 그릇 위에 적신 수건을 덮고 다시 방으로 올라왔다. 계량에서 반죽까지 20분, 1차 숙성에는 못해도 40분이 걸릴 것이다. 잠시 눈을 붙일 수 있는 시간이다. 눈을 감자 선잠이 들었다. 눈을 떴을 무렵에는 어둡던 방이 희미하지만 조금 밝아졌을 때였다. 시계를 보니 정확히 40분이 흘러 있었다. 뛰듯 주방으로 내려갔다. 반죽은 두 배로 부풀어 있었다. '이스트 이 자식, 열심인데?'라고 생각하며 씩 웃었다. 부풀어 오른 반죽을 다시 성형할 차례였다.

반죽을 쪼개어 동그란 공, 꽈배기 모양 등으로 빚었다. 일반 식빵이라면 사각 형태의 틀에 집어넣으면 된다. 성형이 끝나면 2차 숙성 차례다. 대략 20분 정도가 걸린다. 그제야 학교 갈 준비를 시작했다. 물을 묻히는 둥 마는 둥 세수를 하고 주방에 내려왔다. 반죽이 부푼 것을 확인했다. 반죽 위에 달걀물을 발라줬다. 우유나 달걀물을 바르면 구웠을 때 보기 좋은 갈색빛이 난다. 220도로 예열한 오븐의 문을 열었다. 열기가 빠져나갈세라 재빨리 반죽을 밀어 넣고 문을 닫았다. 작게 반죽을 잘라 익는 데는 10분이 걸렸다. 그동안 주방 정리를 했다. 설거지하고 도구를 제자리에 놓았다. 짧은 10분이 흐르고 반죽을 꺼냈다. "좋아." 감탄사가 나왔다.

잘 그을린 빵은 밝게 빛나고 있었다. 빵 하나를 집어 들었다. 밑을 두드리니 맑고 투명한 소리가 났다. 잘 익었다는 신호였다. 재료 준비에서 완성까지 정확히 1시간 40분이 걸렸다. 빵 하나를 입에 물고 문밖을 나섰다. 문 앞에 놓은 노란 자전거 위에 올라탔다. 페달을 밟았다. 런던 아래 소도시 워킹의 상징인 수로 변을 달렸다. 수로에는 하얀 거위와 청둥오리가 있었다. 눅눅한 흙 위로 바퀴 구르는 소리가 신나게 났다. 빵을 입안 가득 넣고 우걱거렸다. 구수한 열기가 몸속으로 밀려들어왔다. 갈색의 크러스트, 그러니까 빵의 겉은 씁쌀하고 고소했다. 하얀 속은 부드럽고 다정하게 입술을 간지럽혔다. 발효 끝에 나온 산뜻한 산미가 우유의 달콤한 풍미와 섞여 식욕을 자극했다. 내 몸은 차가운 공기를 뚫고 나무가 자라고 흙이 깔린 길을 지났다. 20분 정도 달리자 파란색 지붕을 한 학교가 나타났다. 미끄러지듯 자전거를 한쪽에 대고 탈의실로 뛰어가 옷을 갈아

입었다. 교실 바로 앞에서 찬물을 한 컵 들이켰다. 차가운 기운에 몸의 세포 하나하나가 일어서는 것이 느껴졌다. 교실에 들어가자 친구들은 이미 앉아 있었다.

"오늘도 딱 맞춰 왔네."

코발트색 눈동자를 한 친구가 말을 걸었다. 나는 친구의 어깨를 툭 치며 자리에 앉았다. 몸에서는 여전히 빵의 그윽한 향이 났고 손끝에서는 매끄럽고 부드러운 살결 같은 반죽의 촉감이 남아 있었다. 속으로 바둑을 두듯 아침을 복기했다.

'캐나다산 강력분 탓인지 더욱 쫀득거리고 질감은 거칠었지. 구수한 향도 더했어. 일반 강력분을 썼을 때보다 반죽에 확실히 힘이 있네. 글루텐 차이인가? 아니면 물성 자체가 다른가?'

매일 아침 빵을 만들던 시절이었다.

다음 날이 되면 다시 똑같은 시간에 눈을 떴다. 몸을 움츠리게 만드는 한기는 익숙해지지 않았다. 그러나 알고 있었다. 나는 침대 밖으로 나갈 것이고 다시 빵을 구울 것이며 갓 구운 빵을 물고 학교에 갈 것이다. 아침을 여는 나만의 신성한 의식이었다. 마치 기도를 하듯 매일 일어나 반죽을 빚을 때면 사위가 조용해지고 신경이 예민해지는 순간이 찾아왔다. 눈을 감아도 오븐 속에서 익어가는 빵이 보였다. 작은 질감의 차이를 손

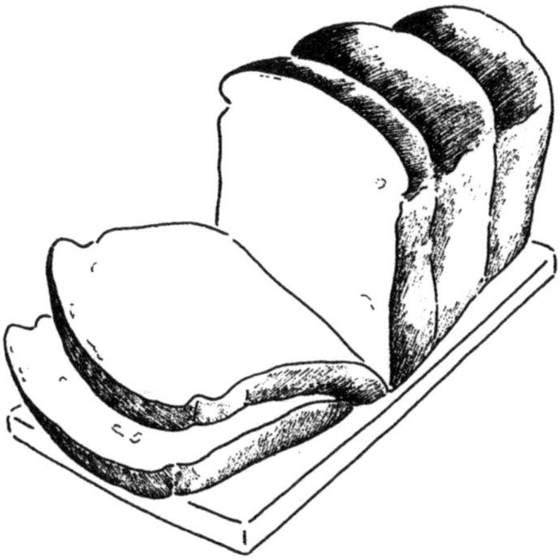

되찾고 싶은 것은 아침의 행복이다.

알려주고 싶은 것은

하얀 빵 한 조각이 만드는 생의 기쁨이다.

꿈꾸는 것은 거대하고 위대하지 않은

작고 작은 것이다.

끝으로 알 수 있었다. 마침내 직접 만든 빵, 아무것도 들어가 있지 않은 하얀 빵을 먹으면 나는 인생을 새로 시작하는 듯했다.

영국에서 보낸 시간 이후 그 하얀 식빵에 대한 애착이 생겼다. 하지만 식빵은 어떤 의미에서 가장 성의 없고 형편없는 아침 식사의 대명사다. 영국에서 만들어지고 제2차 세계대전 이후 대량으로 생산하면서 전 세계로 퍼진 식빵은 무미건조한 도시인의 삶을 대변하는 상징이 되었다. 바쁜 아침, 토스트기에 던지듯 집어넣고 차가운 우유 한 잔에 기계처럼 씹고 나서는 아침 길의 허망함을 안다. 뭔가를 몸속에 집어넣지만 아무것도 느껴지지 않는 회색빛 시간은 아침을 즐거운 것이 아닌 이겨내고 견뎌내야 할 것으로 만든다. 되찾고 싶은 것은 아침의 행복이다. 알려주고 싶은 것은 하얀 빵 한 조각이 만드는 생의 기쁨이다. 꿈꾸는 것은 거대하고 위대하지 않은 작고 작은 것이다.

마음을 쌓는 것같이 시간과 정성을 들여 만든 큼지막한 식빵을 두껍게 잘라 갈색빛이 돌도록 토스트기에 굽는다. 잘 익은 식빵 위에 노르스름한 버터를 한 숟가락 올린다. 버터는 조금씩 투명히 빵 속에 녹아든다. 그 빵을 조금 잘라 꿀에 살짝 적셔 건넨다. 설거지를 하고 이불을 개듯 사소한 시간이 흘러

간다. 그사이 바람처럼 스치며 지나가는 당신의 미소를 바라본다. 하얀 빵처럼 담백하고 매일의 노동처럼 신성한 작은 기적이다.

익숙한 것의 재발견,
마늘

영국의 봄 하늘을 닮은 새파란 눈과 영화 속에서나 보던 금발을 한 케이트는 웃음기 없는 표정으로 말했다.

"미안하지만 맛보지 않을게."

나는 그 말을 듣고 이별 통보를 들은 것처럼 잠시 멍하니 서 있었다. 요리사를 모욕하거나, 당황스럽게 하는 가장 쉬운 방법은 만든 음식을 먹지 않는 것이다. 나는 갓 학교를 다니기 시작한 의욕 넘치는 요리사 지망생이었다. 선생님이었던 케이트가 말을 이었다.

"나에게는 너무 맛이 강할 것 같아."

정확한 영국 악센트가 가슴에 콕콕 박혔다. 여느 요리학교 선생님과 다르게 깡말랐던 케이트가 괜히 강팍하게 보였다. 시작은 가벼웠다. '하고 싶은 요리 해보기.' 학기 중반, 빡빡한 수업 일정 중에 긴장 풀고 '놀아보라'는 학교의 의도였다. 머릿속에 떠오른 주요리는 탕수육이었다. 시고 단 소스에 버무린 돼지고기 튀김. 그 매력을 거부할 사람은 없어 보였다. 부요리로는 한국식 채소 요리를 하겠다며 시금치 무침을 선택했다.

"자, 이제 끝!"

케이트의 낭랑한 목소리와 함께 한 시간은 금방 지나가고, 요리들이 심판대 위에 올랐다. 먼저 탕수육. 온도 차를 주어 두 번 튀긴 탕수육은 조기에 품절될 정도로 인기였다. 옥스퍼드대 영문학과를 나온 아멜리아는 너무 맛있다며 소스를 긁어먹었다. 여기서 어깨 한 번 으쓱. 시금치 무침은 예외였다. 애들도 시금치 무침은 안중에 없었다. 시금치 무침에 쓴 양념은 간 마늘과 간장, 소금, 참기름 약간이었다. 케이트가 했던 말을 떠올렸다.

"마늘 익힌 거지?"

미소를 지으며 묻는 케이트에게 짧게 답했다. 왜 묻느냐는 의아함과 함께.

"아니."

케이트의 미소가 가셨다. 점심시간, 학교 구석 정원에 누워 곰곰이 생각했다. 생마늘이 어때서?

마늘과의 인연은 영국에서 끝나지 않았다. 호주 멜버른의 호텔 주방에서 다시 마늘을 대면했다.

“우유에 10번 데치라고.”

“10번? 정말?”

나의 반문에 부주방장인 이탈리아 출신 다니엘의 혈압 올라가는 소리가 들렸다. 가뜩이나 요리도, 영어도 잘 못하던 시절. 초보 요리사의 반문과 의문에 시간이 부질없이 흐를 때마다 다니엘의 이탈리안 영어 악센트는 더욱 또렷해졌다.

“10번! 테에엔Ten!”

바싹 조여 맨 꽁지머리를 달랑거리며 달려온 다니엘은 화구 위로 작은 냄비를 차례로 올려놓았다. 냄비마다 우유를 부었다. 우유가 끓기 시작할 때 다니엘은 편을 친 마늘 슬라이스를 냄비에 넣었다. 우유에 마늘을 데치는 이유가 우유의 지방 성분을 마늘이 가진 메틸 황화물allyl methyl sulfide과 결합시켜 특유의 냄새를 없애기 위함이라는 것을 알게 된 때는 나중이었다. 그때는 시키면 하기 바빴고 한번 열이 받은 다니엘은 잔소리하기를 멈추지 않았다. 다니엘은 내가 서 있는 자세(“비스듬히 기대 서 있으면 노인처럼 허리가 휠 거라고"), 목소리 크기("안 들려. 안 들린다고!"), 작업 속도("내가 이거 하는 동안 넌 얼마큼 한 거야?"), 나의 생활 전반과 사고방식 모두를 바꾸려는 것 같았다.

"이래야 쓴맛이 빠지는 거야."

우유가 부글부글 끓어오르면 재빨리 마늘을 체에 걸러내고, 다시 우유에 넣기를 반복하며 다니엘은 마늘 한 줌을 위해 우유 한 통을 쓰는 이유를 설명했다. 이것도 모르느냐는 눈빛은 덤이었다. 데치고 난 마늘은 섭씨 140도 기름에서 희미한 갈색이 돌 정도로 튀겨냈다. 조금이라도 마늘 튀김이 갈색에 가까워지면 다니엘의 얼굴이 벌게졌다.

"맛을 봐! 어때 쓴맛이 나지?"

마늘 튀김의 채도가 짙어질수록 쓴맛이 났다. 포인트는 원하는 색깔보다 조금 연하다 싶을 때 기름에서 재빨리 건져내는 것. 기름에서 건져내고 난 뒤에도 자체 열로 조금 더 익기 때문이다. 마늘 튀김에서는 한국에서 먹던 마늘의 아린 맛이 없었다. 혀를 마비시키고 위장을 아리게 하던 맹렬한 기세 대신 봄바람 불듯 은근히 달달한 향기가 입안에 맴돌았다. 거기에 경쾌하게 바삭거리는 식감과 살짝 뿌린 소금의 짠맛이 더해지니 지금까지 먹은 마늘 튀김이 뭔가 싶었다.

바다 건너 주방에서는 마늘을 쓰는 방법도 달랐다.

"뭐 하는 거야?"

이제는 이름도 생각나지 않는 어떤 요리사는 마늘 껍질을 까는 나를 보고 한껏 짜증 섞인 목소리로 물었더랬다. 뭐하냐고, 마늘 껍질은 왜 까냐고. 그 요리사는 내 손에서 마늘을 뺏더니 껍질째 두꺼운 손으로 꽉 눌러버렸다. 그러고는 껍질이 붙은 채 으깨진 마늘을 그대로 썼다. 요리는 스테이크. 뜨겁게 달군 기름에 소나기 내리는 소리를 내며 고기를 굽다가 으깬 마늘과 타임을 넣어 향을 낸 스테이크 앞에서 떠나온 한반도를 생각했다.

어릴 적에는 삼겹살을 상추에 쌀 때면 꼭 마늘 한 쪽을 넣었다. "얘 봐라. 생마늘도 잘 먹네!"란 아버지의 말을 칭찬으로 들으며 짐짓 어른이 된 것처럼 쓰린 속을 참았다. 소주잔을 기울일 나이가 되어서는 부산 해운대 뒷골목에서 마늘 범벅이 된 소막창 구이를 먹었다. 다음 날에는 다진 마늘 한 숟가락 넣은 송탄식 부대찌개로 해장했다. 명동에 가면 어찌나 마늘을 넣었는지 먹고 나면 속이 쓰리고 입에서 냄새가 가시지 않는 배추김치가 나오는 '명동교자'에서 땀을 흘렸다. 회식 때는 노릇이 익어가는 삼겹살 한 편에 마늘을 은박지에 담아 구웠다.

양파와 같은 가족, 인간이 먹기 시작한 지 7,000년이 넘었다는 마늘은 한반도에서는 많을수록 좋은 것이었다.

먼 나라에서 요리를 하며 '다다익선'이 꼭 정답이 아님을 알게 됐다. 마늘을 많이 넣으면 군내가 나기 쉽다. 김치나 닭백숙도 마찬가지다. 맛에 포인트를 주고 잡내를 없애지만 그것도 정도껏이다. 마늘의 쓴맛은 맛의 균형을 깨기 쉽다. 중국 요리에서 대부분 요리 시작과 함께 기름에 마늘을 볶은 다음 다른 재료를 넣는 이유도 마늘의 거친 향을 날리고 대신 마늘을 구웠을 때 나오는 단맛과 흔히 서양에서 미티meaty 하다고 하는 고기를 구운 것과 비슷한 맛을 얻어내기 위함이다. 마늘을 습관적으로 쓰는 것도 다시 생각해볼 필요가 있다.

이런 것들을 몸으로 익히고 머리로 기억할 수 있게 되었을 때 나는 주방 한구석에서 보란 듯이 통마늘을 손으로 으깨고 마늘 슬라이스를 우유에 데치는 시범을 보였다. 그러던 어느 날, 일을 마치고 온몸에 음식 냄새가 밴 채로 침대에 누웠을 때, 문득 요리학교 졸업식이 생각났다.

초록 잔디가 깔린 영국식 정원에서 열린 졸업식. 먼저 가겠다며 작별 인사를 하는 내 앞에 선 케이트는 파란 눈으로 내 눈을 똑바로 쳐다보며 두 손을 잡았다. 케이트가 말했다.

"넌 잘할 거야."

내가 답했다.

"정말 고마워."

다시 케이트가 말했다.

"넌 정말 잘할 거야."

케이트는 한참 동안 내 손을 잡고 있었다. 민망할 정도의 시간이 흐르고 나서야 케이트는 손을 놓았다. 그 파란 눈이 가슴에 박힌 것처럼 마음에 남아 사라지지 않았다. 나는 영국이 아닌 호주 멜버른, 아무도 나를 모르는 이국땅, 앞이 보이지 않는 깜깜한 골목에 잠시 멈춰 서서 텅 빈 손바닥을 들여다봤다. 케이트의 온기가 아직도 남아 있는 것 같았다.

몽글거리는 따스한 감각,
마들렌

일종의 작별 인사였다. 영국을 떠나기 전 마지막 정찬은 기다려지면서도 또 다가오지 않기를 바랐다. 늦여름, 요리학교의 모든 수업은 끝이 났다. 교외의 한 펍에서 학교 친구들, 선생님들과 맥주를 마시며 오후 한때를 보낸 것이 졸업식의 마지막 순서였다. 그다음 날, 이삿짐을 싣고 런던으로 향하는 밴의 차창 너머로 해리포터에 나올 법한 무지막지하게 크고 울창한 나무들이 스쳐 지나갔다. 창을 내리자 푸른 내음이 몸을 감쌌다. 빽빽한 녹음의 숨결 사이로 꽃향기와 새소리도 나는 것 같았다.

"나도 한 번 가보고 싶었어. 잘됐다."

형은 나의 제안을 단번에 승낙했다. 런던의 한 레스토랑에서 요리사로 일하던 형이었다. 그 주 토요일 점심, 우리는 꽃향기도, 새소리도 없는 스미스필드 마켓의 '세인트 존St. John'이라는 레스토랑의 한 테이블에 앉아 있었다. 스미스필드 마켓은 한국의 마장동 같은 곳이다. 10세기경부터 가축 시장이 열리기 시작해 지금처럼 육류 시장의 모습을 제대로 갖춘 것은 19세기 무렵이라고 했다. 스미스필드에 자리 잡은 세인트 존은 요리사들이 일을 마치고 허기를 달래며 찾는 레스토랑으로 유명했다. 프랑스풍의 짙은 소스가 아닌 묽으면서도 단순하고 정감 있는 영국풍 요리가 이어졌다. 바삭하게 오븐에 구운 돼지 껍질과 돼지 뼈 골수 구이, 메추라기 구이 등을 먹었다. 배가 부를 무렵 매니저가 다가왔다. 디저트 시간이었다.

"강력 추천합니다. 우리 레스토랑에 오면 꼭 먹어야 해요."

대머리에 짙은 눈썹을 한 매니저는 옅은 웃음기를 머금고 확신에 찬 목소리로 말했다. 메뉴는 마들렌이었다. 프랑스 북동부의 전통 케이크인 마들렌은 어쩌면 문학 역사상 가장 유명한 음식인지도 모른다. 제대로 읽은 사람이 극히 드물다는 프루스트의 길고 긴 소설《잃어버린 시간을 찾아서》가 주인공이 홍차에 적신 마들렌을 먹으며 과거의 기억이 떠오르는 것으로 시작하기 때문이다. 이른바 '프루스트 현상'이라고 하는 이 작용은 실제 과학적으로도 증명된 바 있다. 맛의 대부분을 차지하는 냄새는 기억과 밀접한 관계가 있다는 것. 그리하여 후각을 상실한 사람들은 과거의 기억도 많은 부분 잃어버리는 것과 다름없다고 한다.

소설 속 추억의 방아쇠가 된 마들렌은 만들기 복잡한 어려운 음식은 아니다. 오히려《잃어버린 시간을 찾아서》에서 그러하듯 일요일 아침 집에서 구워 먹는 작은 간식에 가깝다. 필요한 재료도 가정식 범주에서 벗어나지 않는다. 같은 무게의 설탕과 밀가루, 달걀, 버터를 준비한다. 설탕과 달걀을 섞고 하얗게 크림처럼 변할 때까지 거품기로 친다. 그다음 밀가루를 섞고 베이킹파우더를 한 꼬집 정도 넣은 다음 녹여놓은 버터를 잘 섞는다. 취향에 따라 맛을 첨가한다.

흔하고, 또 내가 좋아하는 맛은 바로 레몬이다. 레몬즙뿐만 아니라 레몬 겉껍질을 살짝 벗겨서 넣으면 향이 더 강하게 살아난다. 반죽이 끝나면 조개 형태로 모양을 낸 마들렌 전용 틀에 붓고 200도로 예열한 오븐에서 10분 정도 구우면 가운데가 빼꼼히 올라온 마들렌이 완성된다. 마들렌은 상온에서 하루 이틀 정도 놔두고 먹어도 문제는 없다. 하지만 당연히 오븐에서 갓 나왔을 때가 맛이 가장 좋다. 신선한 맛, 겉은 살짝 바삭거리고 속은 폭신히 김이 올라오는 마들렌, 꿈결에 맡았을 마들렌 향기에 이끌려 프루스트는 아마 그 긴 소설을 쓰게 되었을 것이다. 영국에서의 마지막 정찬에 나온 마들렌도 갓 구운 것이었다. 잠시 뒤 하얀 옷을 입은 요리사가 따끈한 마들렌을 우리 앞에 내놓았다.

"여기서 뭔가가 더 필요하죠."

매니저는 윙크하며 술병 몇 개를 가지고 왔다. 프랑스 소테른 지방에서 나는 스위트 와인, 카리브해 연안의 럼, 코냑이었다. 프루스트는 홍차에 마들렌을 찍어 먹었지만 우리는 달고 향기로운 술에 마들렌을 적셨다. 알코올의 열기와 오븐의 불기가 채 식지 않은 마들렌이 뒤섞였다. 입속에서 작은 폭풍이 부는 것 같았다. 그 바람을 타고 태양을 정면으로 마주 보고 익어간 레몬의 향이 흩어졌다. 마들렌의 골조가 녹아내리며 목구멍으로 흘러 들어갔다. 숨을 내쉴 때 향이 코로 뿜어져 나왔다. 무너져 내린 옛 성을 바라보는 것처럼 이유 없이 슬픔이 몰려왔다. 다시는 똑같은 맛의 마들렌을 먹지 못하리라는 것을 알았다. 다시는 그들과 함께 식사하지 못하리라는 것도 알았다. 그 순간을 몸에 품고 오랫동안 잊지 못하리라는 것도 알았다.

그러나 슬픔은 오래 가지 않았다. 몸을 비비는 고양이처럼, 몽글거리는 따스한 감각에 웃음이 나왔다. 크고 거대한 맛이 아니라 미뉴에트 리듬으로 톡톡 감각을 조율하는 맛이었다. 장난기 가득한 생상스의 〈사육제〉마냥 그늘 없이 화사한 빛이었다.

지금도 마들렌을 보면 지나치지 못한다. 모양이 흐트러지고 향이 제대로 나지 못해도 어쩔 수 없이 꼭 먹어보고 만다. 그럴 때마다 자주 실망한다. 구운 지 꽤 된 마들렌은 촉촉함도 없고 향기도 없다. 그럼에도 이 작은 과자에 담긴 이야기와 추억과 시간은 그대로다. 맑았던 영국의 하늘, 런던의 오래된 공기, 한 테이블에 앉아 음식을 나눴던 사람들. 황금빛 마들렌과 함께한 점심, 순간, 찰나. 너와 나의 웃음을 잊지 못한다. 잊지 않는다.

뜨겁고 찡한 것,
짬뽕

아침에 눈을 뜨면 이메일부터 확인했다. 기다리던 메일은 오지 않았다. 한 달 전 면접을 봤던 호텔 레스토랑은 '기다려 달라'는 답밖에 하지 않았다. 면접은 성공적이었다. '조만간 같이 일하자'는 약속도 받았다. 하지만 레스토랑과 호텔의 계약 관계가 바뀌면서 모든 채용 계획이 멈췄다. 레스토랑 면접을 보러 영국에서 호주로 날아온 터였다. 호주 멜버른의 한인 게스트하우스 한구석에서 하루하루를 보냈다. 8인실 숙박비는 일주일에 80달러밖에 하지 않았지만 통장 잔액은 서서히 '0'에 가까워졌다. 파마머리를 한 게스트 하우스 사장은 나를 딱하게 보고 은근히 물었다.

눈 뜨면 일했고 눈 감으면 요리하는 꿈을 꿨다.
별것 아닌 짬뽕 국물 한 그릇에 담긴 비밀처럼
단순하여 어려운 시간이었다.
그리하여 살 만한 시간이었다.

“샌딩하는 데 보조가 필요하다고….”

샌딩이란 나무 마루 칠을 사포로 벗겨내는 것이다. 여기에 왁스로 덧칠하면 반짝거리는 새 마루가 탄생한다. 일을 깔끔하게 한다는 소문이 나 호주에서는 샌딩으로 성공한 한인이 여럿이었다. 다음 날 새벽 다른 인부 한 명과 작고 하얀 봉고차를 탔다. 작은 차 안에 샌딩 기구를 빼곡히 실은 사장은 백발에 키가 작았다. 멜버른 근교 저택에서 마루에 박힌 철사를 뽑고 쓰레기를 치우며 보조 일을 했다. 다른 두 명은 기계로 사포를 돌렸다. 집 안 가득 나무 먼지가 휘날렸다. 여덟 시간 노동이 끝나고 차 안에서 100달러를 받았다. 호주에서 처음 번 돈이었다. 100달러를 주머니에 넣고 차에 몸을 실었다. 얼마 후 한인 중국집에 도착했다. 먼지를 내린다는 핑계로 탕수육과 짬뽕, 소주를 시켰다. 주방에서 좌악 좌악 중화 냄비 돌리는 소리가 났다. 짬뽕 볶는 소리였다. 한눈에도 잘 볶아 빨간 고추기름이 밝게 빛나는 짬뽕이 탁자에 놓였다. 적도 너머, 호주에서 짬뽕 한 숟가락에 소주 한잔을 마셨다. 뜨겁고 찡한 것이 식도를 타고 흘러내렸다. 다음 날 나는 다시 하얀 봉고차를 탔다.

민박집에 머물며 ‘노가다’ 보조만 한 것은 아니었다. 일이 없는 날이면 짬뽕 흉내를 내려 주방에서 칼을 잡았다. 짬뽕은 오래 준비하고 빨리 하는 음식이다. 어떤 음식이나 마찬가지겠지만 짬뽕은 특히 재료 준비에 공을 들여야 한다. 이른바 '슬絲'이라 하여 재료를 잘게 채 써는 것이 짬뽕의 기본이다. 일정한 두께로 썰어야 익는 시간이 균일하다. 이가 들어가지 않을 정도로 살이 단단한 노계로 육수를 우려 깊은 감칠맛을 내는 것은 공공연한 비법이다. 재료 준비가 끝나면 찰나의 순간이 남는다. 집에서 짬뽕을 끓이게 되면 그 맛을 흉내 낼 수 있을지언정 온전한 맛을 낼 수 없는 이유도 바로 이 순간에 있다. 문제는 화력이다. 웍이라고 하는 중화 냄비 바닥은 두께가 3밀리미터밖에 되지 않는다. 바닥을 데우는 프로판가스의 열은 섭씨 1,000도를 쉽게 넘어간다. 열전도율을 높이기 위해 바닥을 최소한으로 얇게 만든 것이다. 둥근 반원 모양 웍 속에서 재료를 흔들면 위로 튀면서 뜨거운 증기에 익고 바닥에 내려오면 다시 초고온 열에서 독특한 탄 맛을 내게 된다. 쉽게 말해 이 '탄' 정도를 얼마나 섬세하게 조절하느냐에 따라 맛이 확연히 달라진다. 대중이 이야기하는 불 맛의 정체다. 집에서 불 맛을 내고자 하면 여러 방법이 있다. 무엇보다 한 손으로 들기 어려울 정도로 무거운 주물 팬을 하얀 연기가 날 때까지 달궈 쓰면 엇비슷한 맛이 난다. 덕분에 내가 짬뽕 비슷한 것을 끓일 때면 주방은 늘 연기로 뿌옜다. 그 연기에 놀란 것인지, 냄새를 쫓아온 것인지, 짬뽕이 익을 즈음이면 게스트 하우스 사장이 주방 한 편 작은 탁자에 소주를 한 병 놓고 앉곤 했다.

"야, 냄새 좋다."

이 말 한마디면 또 기분이 좋아졌다. '중국집에서 먹는 것보다 낫다'는 소리를 들으면 쓴 술이 달게 느껴졌다. 그 칭찬의 절반은 거짓, 절반은 진실이었을 것이다. 화력이 시원찮은 가정집 주방에서 시중 중국집과 같은 짬뽕 맛이 날 수는 없다. 또 반면 제대로 짬뽕 국물 내는 곳이 워낙 없으니 더 나았을 수도 있다. '제대로'라고 하여 비법이 있는 것은 아니다. 간단한 원칙을 지키면 된다. 그때그때 볶아 국물을 내는 것이다. 볶음밥에 딸린 짬뽕 국물처럼 미리 끓여놓게 되면 맛이 덜할 수밖에 없다. 채소의 아삭거리는 식감이 죽는다. 오징어와 같은 해산물은 질겨진다. 무엇보다 채소의 단맛과 같이 날아가기 쉬운 향 성분이 사라진다. 말인즉슨 맛이 밋밋해진다는 뜻이다. 짠맛과 매운맛만 있을 뿐 복합적 향이 없다는 것이다.

그럼에도 그런 국물을 내주는 이유는 짬뽕 국물을 부록으로 생각하는 시류와 모든 음식은 빨리 나와야 한다는 대중의 강박, 어떻게든 수고를 줄이려는 요행 때문이다. 시중의 짬뽕 잘

하는 집들은 재료를 다듬고 그때그때 볶아내는 작업을 수십 년에 걸쳐 해낸 고집 센 곳이다. 그중 한 곳인 사대문 안 '원흥'은 점심시간마다 직장인들이 자리를 잡지 못해 줄을 길게 늘어서도 절대 미리 짬뽕을 볶아서 내지 않는다. 가늘게 채 친 돼지고기가 고명으로 올라가는 이 집 국물은 무겁지만 향긋하다. 돼지고기로 육수를 내어 입안에 감도는 무게감이 남다르다. 바로 볶아내는 채소의 단맛이 기분 좋게 코를 간지럽힌다. 그래서 처음에는 "은근히 맵네" 하고 손사래 치며 물을 찾지만 잠시 후에는 "기분 좋게 맵다"고 말하게 된다.

인터넷상에서 '전국 몇 대 짬뽕'이라 하여 짬뽕집 순례하는 것이 유행했다. 유명하다는 집들은 맛에서 약간 차이가 있을 뿐 비법은 같다. 아침부터 재료를 다듬고 주문과 동시에 센 불에 볶아 내는 것이다. 섭씨로 측정하는 화력과 향 분자의 화학 관계, 명쾌한 과학 법칙과 그 법칙을 불러일으키는 엄격한 노동만 있으면 된다.

백발이 성성한 사장의 봉고차를 타고 나무 먼지 속에서 노동하며 배운 것도 짬뽕 국물을 내는 과학 법칙처럼 오차가 없었다. 매일 아침 같은 시간에 일어나 차를 타고 일터에 간 뒤, 정해진 일을 한다. 일을 끝낼 때는 깔끔히 뒷정리하고 주저 없이 일터를 떠난다. 이 일을 매일 반복한다. 나는 먼지 구덩이 속에서 못을 뽑고 쓰레기를 나르며 마침내 그 대가로 100달러를 손에 쥘 때마다 마른 땅에 가랑비가 내리는 듯 조금씩 기운을 차렸다. 그리고 일을 시작한 지 2주 뒤, 호텔에서 '다른 곳을 알아보라'고 연락이 왔다. 다음 날 멜버른 시내 레스토랑을 일일이 돌아다니며 이력서를 돌렸다. 그다음 날 바로 한 레스토랑에서 일을 시작했다. 눈 뜨면 일했고 눈 감으면 요리하는 꿈을 꿨다. 별것 아닌 짬뽕 국물 한 그릇에 담긴 비밀처럼 단순하여 어려운 시간이었다. 단순하여 살 만한 시간이었다.

오케이 베리 나이스,
김치

처음 출근 하자마자 들은 명령은 다음과 같았다.

"김치 좀 해."

오해하지 마시길. 그곳은 한국의 어느 식당이 아니라 호주 멜버른의 호텔 레스토랑이었다. 출근 날 내 국적을 확인한 주방장의 안색이 환해졌다. 기분 탓인지 모르지만 왠지 귀찮은 일을 덜게 됐다는 속 시원한 표정이었다. 얼마 뒤 손에 들린 것은 김치 레시피가 적힌 A4 한 장이었다.

"넌 한국 사람이잖아."

주방장은 웃으며 등을 떠밀었다. 레스토랑 메뉴 중에 김치가 있었던 것이다. 국적이 '코리아'인 남아로서 김치 제조 과정에

동참해본 적이 없는 것은 아니었다. 어머니 김장할 때 대신 간도 봤고 겉절이에 돼지 수육을 싸 먹는 막중한 과업에 참가하기도 했다. 그러나 스스로, 홀로, 김치를 해본 적은 없었다.

"오케이."

마음과 달리 입은 영어 단어 중 가장 쉬운 것을 내뱉고 있었다. 김 씨, 이 씨 한 명 없는 서양 레스토랑에서 김치를 내놓는 일은 낯설지 않다. 레시피만 있으면 미국에서 온 마이클도, 프랑스에서 온 피에르도 김치를 담글 수 있다. 하지만 일본 사람 앞에서 스시 이야기하기 겁나고 중국 사람 앞에서 고량주 마시기 겁나듯 한국 사람 앞에서 김치를 논하는 것은 경력이 출중한 요리사들도 당연히 꺼려했다. 나는 레시피를 손에 들고 배추 앞에 섰다.

뉴욕의 어떤 레스토랑에서 가지고 왔다는 백김치 레시피였다. 일단 고춧가루가 하나도 들어가지 않았다. '김치는 빨개야 제맛'이란 지론을 가지고 있던 나였다. 나를 괴롭히는 이중인격 주방장에게 고춧가루 폭탄을 먹이고 싶던 마음은 잠시 접어두고 레시피를 정독했다. 필요한 재료는 호주에서 나파 캐비지napa cabbage라고 부르는 배추, 마늘, 생강, 간장, 소금, 쌀 식초, 당근, 파가 전부였다. 아니 이것만으로 김치가 되던가? 어머니와 이모와 외할머니와 군대의 주방 찬모는 이것저것 헤아릴 수 없는 가짓수의 재료를 집어넣던데? 그렇다고 마음대로 이것저것 넣을 수는 없었다. 만약 망치기라도 한다면 런던이 고향인 주방장은 멋진 영국 악센트로 찰지게 욕을 할 테니.

배추를 절인다는 것 자체가 도전이었다. 진땀을 흘리며 소금과 설탕을 배추에 뿌렸다. 소금 한 주먹을 더 집어넣어야 했던 건 아닐까? 입영 첫날처럼 쉽게 잠에 들지 못했다. 누구보다도 일찍 주방에 출근한 다음 날, 배추는 이상 무였다. 배추야, 건강하구나! 드디어 조금 안심이었다. 레시피대로 배추에서 빠진 물을 빼내고 나머지 양념을 넣었다. 준비는 끝. 레시피에 따르면 일주일 후에 먹을 수 있었다. 범죄 현장을 다시 찾는 범인처럼 수시로 냉장고를 드나들며 김치 맛을 봤다. 하루, 이틀, 사흘, 김치 맛은 점진적으로 달라졌다. 진화하는 생명체가 눈앞에 있는 것 같았다. 일주일째, 내가 처음 담근 김치를 가지고 주방장에게 갔다. 그는 활짝 웃으며 말했다.

"오케이. 베리 나이스."

나는 김치 덕분에 작은 자존심을 세울 수 있었다. 평소 나를 우습게 보던 이탈리아 셰프 데니엘도 내 김치 앞에선 별말이 없었다. '봤냐? 이게 바로 코리안이 담근 오리지널 김치다!' 나는 속으로 크게 외쳤다. 그 김치 맛은 단순했지만 단순함이 주는 명쾌함이 있었다. 재료 가짓수가 얼마 안 되기에 오히려 맛이 깔끔해진 것이다. 나는 그 이후 김치를 전담했고 옮기는 레스토랑에서도 김치는 내 차지였다(넌 한국 사람이잖아). 레시피는 조금씩 달랐다. 고춧가루와 고추장을 듬뿍 넣은 분식집 김치 같은 것도 있었고, 거의 한국 것에 가까운 것도 있었다. 태국산 피시 소스를 쓰기도 했고 한국에서 직수입한 액젓을 쓰기도 했다. 그 김치를 두고 진짜니 가짜니 정통이니 퓨전이니 하고 싶은 마음은 없다. 더구나 김치의 역사를 살펴보면 한반도 역사 이래로 늘 먹었을 것 같은 김치의 정통성이란 상당히 불분명하다는 것을 알 수 있다.

배추부터 살펴보자. 서구권에서 원복won-bok, 나파 캐비지napa cabbage, 차이니스 캐비지chinese cabbage라는 다양한 이름으로 불리는 배추는 원산지가 중국 베이징 언저리로 알려져 있다. 한국학중앙연구원의 주영하 교수에 따르면 1882년 임오군란을 계기로 중국인들이 대거 조선에 들어오게 된 계기로 중국 배추, 즉 결구結球 배추가 한반도에서 재배되기 시작했다고 한다. 결구 배추는 본래 조선에서 먹던 비결구 배추에 비해 수확량이 많았고 날씨가 추워도 속까지 잘 얼지 않는 장점이 있었다. 이윽고 1980년대 결정적으로 봄에도 출하가 가능한 품종이 개발되자 조선 배추는 시장에서 마침내 사라지고 말았다는 것이다.

김치는 한국에서뿐만 아니라 해외에서도 변화하고 있다. 내가 멜버른에서 뉴욕에 있는 레스토랑의 레시피로 김치를 담갔듯 해외 유명 셰프들은 제각각 김치 레시피를 개발 중이다. 영국의 스타 셰프 제이미 올리버는 당당히 김치 레시피를 그의 책에 담았다. 미슐랭 2스타를 받은 레스토랑 '모모푸쿠Momofuku'의 주방장이자 재미교포 2세인 데이비드 장은 메뉴에 김치찌개를 내놓는가 하면 보쌈을 테마로 한 레스토랑을 만들어 뉴요커의 열광적인 지지를 얻었다.

서양의 김치와 한국의 김치는 무슨 차이가 있을까? 먼저 그들의 김치에는 젓갈류가 적게 들어가고 숙성 기간이 짧아 발효에 익숙하지 않은 서양인도 쉽게 접할 수 있다. 무엇보다 김치를 공짜로 주지 않는다. 나는 김치 전문가가 아니고 민속학자도 아니다. 그런데도 김치 종주국이라는 한국의 김치 대접을 보면 자괴감이 들 정도다. 직접 만든 김치를 내놓는 식당 보기가 쉽지 않다. 값싼 중국산 김치 때문이고 김치를 돈 내고 먹지 않는 소비자 탓이다. 서울, 부산, 심지어 제주도에서도 중국 원산의 똑같은 김치를 목도하면 식욕이 가신다. 김치의 하향평준화도 동시에 진행 중이다. 맛있는 김치 찾기가 힘들다. 이쯤 되면 김치 한 종지에 적어도 5,000원은 내야 하는 외국이 한국보다 김치를 더 귀하게 여긴다고 봐야 한다.

하고 싶은 말은 이거다. 김치가 소중하다면 소중한 대접을 하자. 김치는 공짜가 아니다. 제값 내고 김치를 먹자. 그래야 맛있는 김치를 먹을 수 있다. 그게 이 잘난 시장 자본주의의 논리다. 몇 번이고 말할 수 있다. 특히 굴을 가득 넣은 김장 김치와 수육이 당기고, 얼큰하게 끓인 김치찌개 앞에 절로 입맛을 다시게 되는 한국의 차가운 겨울에는 더욱더.

덧셈과 뺄셈의 공식,
스콘

아침에 눈을 뜨자마자 불길한 기분이 들었다. 이틀을 쉬고 출근하는 날, 호주 멜버른 하늘은 푸르고 날은 쌀쌀했다. 출근길 전철 풍경은 어느 곳이나 비슷하다. 휴대폰에 시선을 모으고 몸을 스치는 남에게 최대한 무신경한 반응을 보인다. 그 틈을 벗어나 차가운 바람을 헤치며 레스토랑 뒤편 작업 출입구로 들어갔다. 어두컴컴한 복도를 지나 형광등이 빛나는 직원 라커룸이 보였다. 겨우 이틀을 쉬었지만 벌써 동료들 얼굴이 낯설었다. 카페인 중독에 걸린 것처럼 커피 우유 1리터를 마시는 닉의 대머리와 그리스 이름을 가진 콘의 너털웃음을 봤는데도 기분이 찜찜했다. 조리복은 새로 빨아 빳빳하고 칼은 날이 서

려 있었다. 가장 먼 친구 같았던 불운이 모르는 번호로 전화를 걸어 올 것만 같았다. 주방장 톰의 말을 듣고 나니 그 기분의 연유를 알 수 있었다.

"오늘 스콘을 만들어야겠네."

파랗고 조그만 눈이 나를 향했다. 내 기억으로는 분명 2주 전에도 1,000개를 만들었거늘, 또다시 스콘이라니? 톰의 계산은 틀림없었다. 그 주에 손님 400명, 그다음 주에 300명을 받았으니, 아하! 엄정한 산수의 답을 받아들이는 데 약간 시간이 걸렸다. 그새 톰의 코발트색 눈동자가 흔들렸다. 조금 더 지체하면 수학을 잘한다는 한국인의 위상이 흔들릴 참이었다. 최대한 담담하게 오케이 사인을 보냈다. 또 스콘이었다. 영국 연방 사람들의 스콘 사랑이란 김치 먹고 자란 한국인으로서는 그 깊이를 가늠하기 어려웠다.

스콘은 영국에서 흔히 크림 티cream tea라고 부르는 티 세트의 필수품이다. 거창하게 '세트'라는 단어가 붙지만 그래봤자 스콘과 잼, 클로티드 크림clotted cream, 밀크티로 이루어진 단출한 애프터눈 티 세트일 뿐이다. 이 세트의 주인공 스콘은 만들기 쉬운 빵 중 하나다. 흔히 넣는 재료는 밀가루, 베이킹파우더, 소금, 설탕, 버터, 우유 정도다. 취향과 조리법에 따라 베이컨,

건포도 등을 넣기도 한다. 이것만 보면 여느 빵 재료와 별로 다를 게 없어 보인다.

하긴 빵이라는 음식에 들어가는 재료는 거기서 거기다. 이스트와 버터, 밀가루, 소금, 물 정도면 웬만한 빵은 다 만들 수 있다. 이스트가 빠지면 발효시키지 않아도 된다. 발효시키지 않는다는 것은 이스트라는 예민한 생명체로부터 자유로워진다는 말과 다름없다. 난이도로 치면 버터와 이스트를 동시에 쓰며 몇 겹으로 겹친 층까지 만들어야 하는 크루아상은 미분과 적분 급이다. 스콘은 덧셈과 뺄셈 정도밖에 안 된다. 베이킹파우더의 화학적 팽창 에너지를 이용하기 때문이다. 1을 넣으면 1이 나오는 단순한 방법론이다. 단지 괄호 안의 계산을 먼저 해야 하듯이 스콘을 만드는 데도 최소한 순서와 기법이 있다.

먼저 버터와 밀가루, 소금, 설탕, 베이킹파우더를 섞는다. 버터와 밀가루를 마구 뭉개면 안 된다. 손끝으로 버터와 밀가루를 부서뜨리듯 섞어야 한다. 모래알처럼 버터와 밀가루가 잘게 뭉쳐지면 된다. 우유와 물을 조리법에 따른 비율로 붓고 반죽한다. 이 단계에서 과유불급이란 사자성어가 등장한다. 시키지도 않은 반죽을 열심히 하면 밀가루 속 단백질 성분인 글루텐이 활성화되어 질긴 스콘이 되어버리니 주의하자. 딱 밀가루 반죽과 수분이 한 몸이 될 때까지만 반죽한다. 그 반죽을 평평하게 펴고 동그란 틀로 파내어 모양을 내거나 지그재그로 잘라 삼각형 모양을 내고 위에 달걀물이나 우유를 묻힌다. 그리고 가스오븐으로 130도에서 7분, 160도에서 10분 정도 익히면 노릇한 스콘이 나온다. 어떻게 먹든 산산이 부서져 입 주변과 턱 밑에 잔해가 묻고 마는 스콘은 격이 없다. 나비의 날갯짓에서 잔잔한 바람이 불듯 무념한 오후, 달콤하고 새콤한 딸기잼과 하얗고 진한 생크림을 이 장난 같은 빵 위에 올려 한입 크게 먹으면 먼저 속을 보여주고 고백하고 마는 천진한 연인을 보는 것처럼 기분이 좋아진다.

한국에서는 이 만들기 쉬운 스콘의 참맛을 보기가 어렵다. 포장지에 싸여 나오는 스콘은 내 취향이 아니다. 한국에서 편의점과 숫자를 경쟁하는 카페의 스콘은 맛이 온전한 경우가 거의 없다. 취향에 따라 조리법의 숫자를 바꾸고 덧셈, 뺄셈 순서를 지키지 않아서다. 건강 타령을 하며 맛을 해치는 경우가 제일 흔하다. 어느 것은 소금이 없고 또 어떤 것은 버터가 없다. 가끔 너무 반죽을 치대 돌처럼 딱딱한 스콘을 몇천 원 내고 사 먹으면 눈물이 날 지경이 된다. 그러면 거친 날숨과 들숨을 기합 삼아 스콘을 만들던 때가 떠오른다.

스콘 조리법은 간단하지만 업장에서 만드는 단위로 규모가 넘어가면 노동이 된다. 밀가루와 설탕은 포대로 준비한다. 몽둥이만 한 버터가 등장하고 우유는 리터로 넣는다. 장난감 같은 가정용품 대신 '마력'을 척도로 쓰는 믹서를 온몸으로 밀어 자리에 놓는다. 재료를 계량해서 준비하는 데만 시간이 꽤 걸린다. 혼자 창고와 주방을 오가며 밀가루를 퍼내고 버터를 자르고 있으니 톰은 슬쩍슬쩍 곁눈질만 했다. 스콘 만들기를 제빵이라고 하긴 민망한 감이 없지 않지만 기본적으로 밀가루 반죽을 다루는 일은 조용한 작업이다. 정해진 조리법에 따라 시간과 분량을 엄수한다. 입을 다물고 손끝과 근육을 쓴다. 반죽을 오븐에 넣고 빵이 나오면 일이 끝난다. 불 앞에 선 요리사처럼 변덕스러운 손님 주문에 따라 고함을 지르며 아등바등할 필요가 없다.

나는 내성적 동양인이 되어 키만 한 오븐에 스콘 반죽을 넣었다 빼기를 몇 시간 내내 반복했다. 동료들은 도와준다는 말을 전혀 하지 않았다. 할 필요도 없었다. 왜냐하면 오븐에서 반죽이 굽고 또 다른 반죽을 만드는 내 움직임 속에 리듬이 깃들었기 때문이었다. 그 리듬은 절로 흘러나오는 노랫소리처럼 자연스러웠고 그 자연스러움 속에 시간이 사라졌다. 손끝에 반죽의 두께, 물기, 섞인 정도가 밀리미터, 밀리그램 단위로 전해졌다. 갓난아기의 심장 박동을 느끼듯 예민해진 감각으로 거친 과업을 홀로 해치웠을 때 오전이 다 지나 있었다. 갓 구운 스콘의 구수하고 달콤한 냄새가 온몸에 배었다. 그 냄새를 품고 주방장 톰에게 자랑스러운 전리품을 내보였다. 짧은 스포츠머리를 한 톰이 나를 무심히 바라봤다. 스콘 한입에 그의 입꼬리가 올라갔다. 외마디 소리가 들렸다.

"딜리셔스!"

그 말 한마디에 엄마한테 칭찬받은 아이처럼 바보같이 웃고 말았다.

오래 배를 곯다 마주한 따뜻한 한 그릇, 밥

맵시 있게 빗어 올린 앞머리, 태평양처럼 파란 눈에 훤칠했던 키, 고기 담당 쿠퍼가 쏘아붙이듯 말했다.

"백인한테 밥 짓는 걸 물어보는 거야?"

"아니. 그냥 혹시 따로 방법이 있는 줄 알았지. 내가 알아서 할게."

"그래. 넌 아시안이잖아."

얕보는 걸까? 묘한 웃음기 섞인 싸늘한 표정을 지으며 쿠퍼는 자기 섹션으로 갔다. 차가운 요리를 준비하는 라더larder 섹션에서 가니시garnish 섹션으로 옮긴 첫날 아침, 준비해야 할 것 중 하나는 '밥'이었다. '환태평양 퀴진Pacific Rim Cuisine'이라는 이름으로 동아시아 음식 모두를 아우르던 호주 멜버른의 그 레스토랑에서 밥은 중요한 가니시였다. 덕분에 가니시 섹션에서 매일 아침 제일 먼저 해야 할 일은 밥물을 올리는 것이었다. 나는 하얀 쌀을 씻다 겁이 났다. 실패하면 돌이킬 수 없을 터였다. 밥만 지으면 끝날 아침이 아니었다. A4 한 장 빼곡히 준비해야 할 것들이 써져 있었다. 주방의 격언을 떠올렸다. '모르면 물어봐라.' 나는 주방 선임 쿠퍼에게 물어봤고 쿠퍼의 답은 냉랭했다.

군대에서 했던 것처럼 쌀을 흐르는 물에 세 번 씻었다. 차가운 물과 쌀의 미끈한 촉감에 청량한 감각이 몸으로 흘러들어갔다. 하얀 쌀뜨물이 희미해졌다. 조준을 하듯 물을 맞췄다. 이론은 다음과 같다. 부피 비로 쌀 1에 물 1.2, 불린 쌀이라면 1대 1의 비율로 맞출 것. 마이크 타이슨의 명언은 여기서도 유효하다. "누구든 얻어맞기 전까지는 계획이 있다." 현실을 마주한 이론은 뒤죽박죽이 된다. 머릿속에 남은 것은 없고 몸이 기억하는 것밖에 남지 않는다. 눈대중으로, 물에 손을 담그고 손등 어디까지 수위를 맞출지 잠시 고민했다. 몇 초 후 밥솥 뚜껑을 닫고 취사 버튼을 눌렀다.

"잘됐네?"

빵이 아닌 밥을 먹을 때면 이에 씹히는
탱글한 식감과 위장을 채우는 구수한 향기에
나는 조금이나마 덜 외로웠다.

몇십 분 후, 뜸까지 들인 밥은 한눈에 보기에도 윤기가 흘렀다. 쿠퍼는 밥을 보더니 무심히 한마디 했다. 칭찬인지 비아냥인지 모를 말투였다. 그럼 이 밥을 그대로 손님에게 내느냐면 그것은 아니었다.

"생강을 브뤼누아즈brunoise로 잘라. 파를 얇게 썰어."

서비스 시간은 초식동물을 노리는 맹수처럼 고요히, 점진적으로 다가왔다. 어젯밤 자정에 퇴근한 쿠퍼의 눈은 점심도 되기 전에 벌써 충혈되어 있었다. 생강을 얇게 채 치고 세로로 가느다랗게 자른 후, 다시 가로로 잘라 아주 작은 정육면체를 만들었다. 호주에서는 스프링 어니언spring onion이라고 부르는 파도 채 썰었다.

"닭기름을 가지고 와."

"뭐?"

"냉장실 닭 육수 위에 낀 기름 말이야."

내 멍한 표정에 쿠퍼의 표정이 일그러졌다. 왜 기름이 필요할까? 묻고 싶었지만 그 말은 가슴속에 삼켰다.

"먼저 닭기름을 팬에 넣어."

달궈진 팬에 가지고 온 닭기름을 넣었다. 기름은 부글부글 끓었다.

"생강. 생강의 쓴맛을 잡는 거야."

곱게 자른 생강을 부었다. 쿠퍼 말대로 열기 따라 쓴맛이 정말 사라지는 것처럼 보였다.

"밥!"

"스프링 어니언!"

"간을 봐!"

구호를 외치듯 쿠퍼는 짧게 말했고 나는 신속히 손을 놀렸다.

"좋네. 이렇게 하는 거야."

쿠퍼는 맛을 보더니 그제야 뒷맛 없는 개운한 미소를 지었다. 닭 육수를 버무린 간간한 밥은 친숙한 맛이었다. 닭곰탕 국물에 파 듬뿍 넣고 소금과 후추를 쳐서 먹던 그 한 그릇을 농축시켜 옮겨놓은 것 같았다. 레스토랑은 그 밥 위에 반숙으로 익힌 수란과 갖가지 채소를 올려 점심 메뉴로 팔았다. 팔고 남은 밥은 냉장고행이었다. 손님에게 다시 나갈 일은 없었다. 레스토랑 직원 식사로 나갈 운명이었다.

외국 레스토랑에서 밥 먹을 기회는 적지 않다. 파스타만큼이나 자주 먹는 것이 밥이다. 세계 각국 사람들이 모여 있는 주방에서 가장 환영받는 메뉴이기도 했다. 한국 쌀처럼 끈기가 있는 단립종인 자포니카japonica 종은 인기가 별로 없다. 그보다는 인도 커리에 잘 어울리는 장립종인 인디카indica 종이 흔하다. 세계 쌀 교역량의 75퍼센트 이상을 차지하는(자포니카 종은 10퍼센트에 불과하다) 이 쌀은 끈기가 없고 단맛도 자포니카 종에 비해 덜하다. 맛뿐만 아니라 밥 짓는 방법도 다르다.

밥물을 정확히 맞추는 단립종에 비해 장립종 쌀로 밥을 지을 때는 밥물을 대충, 그득 맞춘다. 어느 정도 익으면 체에 밭쳐 물을 버리고 그대로 두면 뜸이 든다. 자포니카 종을 익히듯 밥물을 맞추고 뚜껑을 덮은 채 익히는 방법도 있다. 이때 생강이나 팔각을 넣어 향을 더하기도 한다. 고소한 코코넛 밀크를 부어 뜸을 들이고 그 밥에 커리를 비벼 먹으면 평생 시바 여신을 모시고 살 수 있을 것만 같은 기분이 든다.

밥으로 배를 채우고 나면 이제 다시 격한 노동이 나를 기다리고 있었다. 그러나 빵이 아닌 밥을 먹을 때면 이에 씹히는 탱글한 식감과 위장을 채우는 구수한 향기에 나는 조금이나마 덜 외로웠다.

한국에 와서 밥을 먹을 때면 외로움이 아니라 서글픈 기분이 든다. 아랫목에 밥을 데워 내준 정성 어린 전통에서 현대적 편리함만 가지고 온 온장고. 그 속에서 꺼낸 스테인리스 철통 속 밥은 오래된 군내가 난다. 빨리빨리를 외치는 식문화, 원가 타령을 하며 돈으로 환산되지 않는 정성을 무시하는 세태 때문이리라. 그렇기에 밥 같지 않은 밥 한 그릇을 앞에 두고 '맛없다'며 투정 부리려다 주저하고 만다. 그러다 우연히 정성스레 지은 밥을 마주한 그날, 나는 뜬금없이 호주의 쿠퍼를 떠올렸다. '닭 육수 밥'을 배운 지 얼마 안 된 때 차갑게만 보이던 쿠퍼가 갑자기 정색을 하며 물었다.

"주방에서 일하는 것 말고 바깥에서는 어떻게 지내?"

대답할 거리가 별로 없었다. 영어 수업을 듣고 밥을 먹는다고 말했다. "최근에 가본 레스토랑은 어디야?"라고 다시 묻기에 몇 군데 이야기를 했다. 주방 밖 생활을 묻는 질문을 받았을 때 이제껏 느꼈던 공허함과 황량함은 잠시, 예상치 못한 낯선 이의 관심에 마음 위로 가랑비가 내리는 듯했다. 오래 배를 곯다 하얀 밥 한 그릇을 마주한 것처럼, 지친 나를 이끄는 두터운 손을 잡은 것처럼, 몸에 따뜻한 피가 돌았다.

집착에 가까운 정성, 감자튀김

D-2

"감자 몇 박스야?"

"스무 박스."

"뭐?"

감자 박스가 창고 한편에 차곡차곡 쌓여 있었다. 그 많은 감자는 어디서 왔을까, 라고 생각할 겨를은 없었다. 감자가 쌓여 있을 시간은 무척이나 짧을 터였다. 왜냐면 요리사들이 다 썰고 삶고 튀길 것이고 사람들은 감자튀김을 먹고 또 먹을 테니까.

"칩스chips!"

하루에도 수십 번 듣는 말. '칩스'란 이름의 감자튀김은 맥도

널드에서 흔히 보는 가느다란 프렌치프라이가 아니었다. 그보다는 더 두꺼운 녀석, 영국과 호주 등지의 영국 연방에서 '칩스'라고 부르는 그놈이었다. 미국 3대 대통령 토머스 제퍼슨이 1802년 백악관 만찬에서 '프랑스 방식으로 조리된 감자'라고 언급한 기록에서 이름이 유래되었다는 프렌치프라이의 한 종류. 두께로 보자면 프렌치프라이가 새끼손가락이라면 칩스는 엄지손가락 정도다. 눈 파랗고 머리 노란 호주 사람들은 영국 사람들과 똑같이 이 칩스를 밥처럼 먹었다. 그런데 문제가 있으니 이 칩스를 준비하는 데 꽤 긴 시간이 걸린다는 것이었다. 크리스마스를 앞두고 캔버라 출신 주방장 애시가 내게 물었다.

"칩스 얼마나 있는데?"

괜히 짐짓 심각한 척 인상을 찌푸리며 답했다. 나는 수학을 잘하는 동양인이니까.

"흠, 한 50인분?"

잘생긴 애시의 얼굴도 덩달아 찌푸려졌다. 그리고 툭 던진 한마디.

"주말에 쓸 거 오늘 준비하자."

"오케이(에이, 그럴 줄 알았어)."

창고에 있는 감자를 누가 처치하나 했더니 바로 그게 나였다. 그러나 어쩌랴. 나는 또 너무나 근면 성실한 동양인인 것을. 군대 기억을 떠올리며 앞뒤로 마주 볼 수 있는 형태의 작업대에 감자 박스를 올려 오와 열을 맞춰놓았다. 자른 감자를 담을 큰 컨테이너도 준비했다. 이제 감자를 자르면 된다. 어떻게? 잘 자르면 되지, 가 아니라 정확히 크기를 맞춰야 했다.

"이건 너무 크잖아."

대략 사방 1.5센티미터 두께. 정확하고 균일한 크기는 주방의 기본이다. 대량을 다루기 때문에 크기가 널뛰면 제대로 조리되지 않는다. 쉽게 말하자면 한 놈이 크고 한 놈이 작을 경우 똑같은 시간을 들여 익힐 때 한 놈은 안 익고 한 놈은 더 익는 사태가 발생한다는 뜻이다.

"오케이?"

이 말을 영어로 설명하며 애시는 열심히 칼질을 했다. 압니다. 알아. 나는 언제나처럼 속으로 크게 투덜거리며 질세라 칼을 놀렸다. 자른 감자는 찬물을 담아놓은 컨테이너로 직행했다. 물에 담가두어야 감자 표면에 낀 전분기를 없앨 수 있다. 전분이 끼면 감자를 튀겼을 때 덜 바삭거린다.

"이제 다 됐지?"

허리 한번 펴지 못하고 감자를 썰었다. 기계로 잰 듯 썰린 감자를 보니 뿌듯해지는 내 마음. 애시는 그 마음을 아는지 모르는지 바로 다음 작업으로 직행했다.

"끓으면 안 돼. 알지?"

"그럼!"

감자를 큰 솥 몇 개에 나눠 담고 불 위에 올렸다. 감자를 튀기기 전에 한 번 삶는 것이다. 이 레시피를 처음 만든 것은 영국의 대머리 요리사 헤스턴 블루멘설. 1993년에 만들었다는 이 레시피는 세 번 튀긴 칩스triple cooked chips라고도 부른다.

"정확히는 세 번 튀긴 게 아니라 한 번 삶고 두 번 튀긴 거지."

굳이 아는 척을 하는 애시. 그걸 왜 모르겠는가? 한 번 삶고 두 번 튀기는 사람이 나였는데.

썬 감자를 삶는 데 큰 기술이 필요하지는 않다. 단지 뭉근히 끓는 물에 감자가 부서지기 직전까지 삶으면 된다. 부글부글 끓으면 감자가 부서지기 쉬우니 주의할 것. 이렇게 삶으면 나중에 튀겼을 때 두꺼운 크러스트가 생긴다. 튀긴 감자를 씹었을 때 더 바삭거린다는 뜻이다. 그 상태까지 가는 데 걸리는 시간은 대략 30분. 그동안 감자를 지켜볼 리는 없다. 다른 일을 하면서 힐끗힐끗 오가며 살펴볼 뿐이다. 그러다 보면 이런 일이 생긴다.

"아차차."

조금만 더 삶았으면 감자 죽이 되어버렸을 상태. 감자가 겨우 모양을 유지하고 있는 절묘한 타이밍이었다. 삶은 감자들을 일일이 뜰채로 건져내 물기를 뺀다. 이 감자들은 냉장고로 향한다. 냉장고는 보기와 다르게 주방에서 가장 건조하다. 열기도 식히고 습기도 최대한 빼내는 것이 이 레시피의 포인트다. 만 하루 동안 냉장고에 있어야 습기가 제대로 빠진다.

D-1

다음 날 출근해 식힌 감자들을 보니 표면에 하얗고 몽글몽글한 입자들이 올라와 있었다.

"오늘은 튀기는 날이야. 알지?"

왜 하필 내가 일하는 섹션에 튀김기가 있는 걸까? 냉장고에 쌓인 감자들을 옮기는 것도 일. 이것들을 튀기고 건져내는 것도 일. 당연히 누군가는 해야 할 일. 이 잡일들이 하나하나 모여야 하나의 요리가 된다. 갑자기 튀어나온 영감으로 요리를 하는 경우란 드물다. 나 역시 영감이 아니라 체력으로 튀기고 또 튀겼다. 이 단계의 포인트는 섭씨 130도 정도 언저리 낮은 온도로 감자를 튀기는 것이다. 이때 감자 표면의 수분이 또 날아가게 된다. 탕수육을 두 번 튀기는 것과 같다. 그다음엔 또 다시 냉장고에 넣고 하루 정도 수분을 날린다. 늘 말은 쉽고 행동은 어렵다. 주문도 받으며 감자까지 튀기려니 신경이 곤두섰다. 나 왕년에 붉은 악마야. 건들지 마.

D-day

크리스마스에 외식을 하는 풍습은 전 지구적인 현상이다. 감자튀김을 먹는 것은 이 지구적 현상의 증상이다. 요리사들 손이 뜨거운 감자튀김에 벌겋게 데는 것은 그것의 부작용이다.

"투 칩스, 스리 칩스, 포 칩스!"

이 사람들은 왜 모든 요리에 감자튀김을 곁들여 먹는 걸까, 라는 의문이 들 틈은 없었다. 그제 삶고 어제 튀겨놓은 감자를 섭씨 180도 기름에 황금색으로 노릇하게 색이 오를 때까지 튀기느라 정신이 없었다. 다 익은 감자튀김을 낼 때도 거쳐야 할 단계가 있다. 간하기. 감자튀김이 뜨거울 때 소금을 팍팍 쳐서 소금이 녹아 감자 표면에 달라붙게 해야 한다. 그 양은 얼마인가 하니 감자튀김을 소금에 버무리는 스테인리스 그릇 밑에 하얗게 잔해가 남을 정도여야 한다. 짜지 않은 감자튀김이란 기름기 없는 삼겹살이요, 달지 않은 케이크다. 같이 나가는 소스는 케첩이 아니라 고소한 마요네즈여야 옳다. 정통이라면 정통, 미국이 아닌 프랑스와 영국이 감자튀김을 먹는 방법이다.

그 정통을 위해 불이 이글거리는 지구 반대편 주방에서 땀을 흘리고 마침내 얼굴에 하얀 소금기가 올랐을 때 밤은 끝이 났다. 주방을 청소하며 남은 땀을 뽑아내는 그 시간에 애시는 남은 감자튀김 부스러기를 입에 넣으며 말했다.

"이게 제일 맛있지."

입을 오물거리며 씩 웃는 애시. 나도 그 부스러기를 씹으며 따라 웃었다. 감자의 은은한 단맛, 기름의 고소함, 바삭한 식감, 이 모두를 아우르는 소금기가 입안에서 어우러질 때 노동도 끝이 났다. 오로지 일만 하던, 감자처럼 담백한 나날이었다. 몸의 겉과 속을 소금기로 채우던 시간이었다.

내 몫의 일,
볶음밥

호주에 있던 시절 동생에게 메일을 받은 적이 있다. 도대체 어디서 뭘 하는지 부모님에게 알려주라는 내용이었다. 심지어 아버지는 내가 무슨 요리를 하는지도 모른다고 했다. 그러면서 "중국 요리하냐?"고 물었다는 말을 덧붙였다. 호주에서 중식이라니 황당했다. 하지만 어디에 간다, 뭐를 한다, 설명을 차분히 하지 않은 내 탓도 컸다. "어디냐?"라고 어머니가 물으면 "호주요"라고, "뭐하는데?"라고 다시 반문하면 "요리요"라고 답했다. 모두 퉁명스러운 자식을 낳은 잘못이었다. 아버지가 중국 요리에 혐의를 둔 것은 평소 나의 식생활 패턴 때문이었다. 대학 시절부터 친구들을 만날 때면 허구한 날 중식당에서

약속을 잡았다. 친구들은 나와 만나는 약속이 잡히면 그즈음 해서는 일부러 중식당을 가지 않을 정도였다. 중식당에 가면 원탁에 앉아 많은 메뉴를 한바탕 쫙 깔아놔야 직성이 풀렸다. 친구들이 "먹고 시켜"라고 말할 때면 "음식을 보는 맛도 있다"고 항변했다. 어릴 적 어머니가 음식을 못 시키게 해서 반대급부가 생겼다는 프로이트적인 해석으로 내 선택을 정당화하기도 했다. 탕수육, 양장피, 팔보채 같은 요리를 해치우고 나면 마지막엔 꼭 볶음밥을 시켰다. 밥이나 먹지 진지하게 한마디도 덧붙였다.

"볶음밥을 먹어봐야 이 집 수준을 알 수 있는 거야."

음식 평론가라도 된 것처럼 밥숟가락 위에서 고슬고슬하게 부서지는 볶음밥을 보며 엄지손가락을 치켜세웠다. 질척한 볶음밥을 앞에 두면 마치 부모 욕을 들은 것처럼 화를 냈다. 자고로 볶음밥은 뜨거운 열 위에서 하나하나 기름이 코팅된 형태여야 한다고 지론을 펼쳤다. 입에 넣었을 때 향긋한 파기름 냄새와 양파의 단맛, 소금의 간기가 아이돌 군무처럼 화려하게 착착 들어맞는 형태가 볶음밥의 이데아라고 목소리를 높였다. 그런데 같은 레시피로 집에서 볶음밥을 하면 중국집에서 먹었던 그 맛도 형태도 나오지 않았다. 달걀물이 밥알에 달라붙어

밥 한 알 한 알이 황금빛이 된다는 만화책 같은 이야기는 해당 사항이 없었다. 나는 만들지도 못하면서 평가를 하고 있었다. 그럴 수 있다. 돈을 내고 사먹는 입장에서 어느 정도 기대치가 생길 수 있다. 그 기대치의 충족 여부에 따라 평가도 당연히 할 수 있다. 맛이 없으면 맛이 없다고 이야기할 수 있다. 그러나 음식 수준을 운운하며 요리사가 수련을 더 해야 한다느니 하는 말은 다른 차원에 있다. 스스로 시연하거나 가르쳐줄 수 없는 상태에서 기술 그 자체에 대해 이야기하는 것도 넌센스다. 그 괴리를 좁히지 못한 채, 음식을 좋아하지만 할 줄 모르는 상태로 지내야 한다는 게 찝찝했다. 나중에는 괴로웠다. 한평생 남이 만든 음식만 평하며 살다가 죽을 수 있다는 사실이 무서웠다. 무엇 하나 스스로 만들 수 없다는 게 불완전하게 느껴졌다. 볶음밥 하나 제대로 할 줄 모르면서 내가 무슨 말을 한단 말인가?

"스페셜 프라이드 라이스Special fried rice!"

몇 년 뒤 나는 주방에 서서 질문을 던진 웨이터에게 외치듯 말했다. 그는 "리얼리! 판타스틱!"이라며 갖은 미사여구를 남발했다. 내 앞에는 한 번에 안을 수 없을 정도로 커다란 철제 냄비가 있었다. 이미 한참 불 위에 달궈놓은 상태였다. 한참이라고 하면 대략 15분 정도였다. 최소 그 정도는 되어야 냄비 전체 비열을 가득 채웠다. 달궈질 대로 달궈져 뜨거운 기운이 사납게 치고 올라오는 냄비에 기름을 둘렀다. 흰 연기가 올라왔다. 기름이 스모크 포인트smoke point에 다다른 것이다. 그만큼 냄비 안을 채운 온도가 높다는 뜻이었다. 썰어놓은 파를 부었다. 치익 하는 소리와 함께 달달한 냄새가 올라왔다. 그 냄새는 잠시 뒤 고소하게 바뀌었다. 요리를 하고 남은 돼지고기를 넣었다. 돼지고기가 갈색으로 변했다. 식혀놓은 밥을 부었다. 밥에 남아 있던 수분이 빠르게 날아갔다. 여전히 냄비는 뜨거웠다. 동남아 액젓인 피시 소스와 간장, 설탕으로 간을 했다. 냄비 벽면을 타고 흐르는 액젓과 간장은 열을 받아 고기 익는 듯한 냄새를 풍겼다. 몇 차례 밥을 뒤섞었다. 파와 돼지고기, 밥이 익어가는 냄새가 온 주방에 퍼졌다. 볶음밥이었다. 볶음밥의 비밀은 열에 있었다. 보통 중식 주방에서는 얇고 동그란 반원의 웍을 강력한 프로판 가스 불 위에 올리기 때문에 온도가 1,000도까지 올라간다. 워낙 가스 불 힘이 세서 웬만큼 재료를 넣지 않고서는 그 기운이 떨어지지 않는다. 볶음밥의 비밀도 거기 있었다. 중식 주방 같은 설비가 없는 프렌치 주방에서는 대신 비열이 큰 철제 냄비를 활용했다. 될 수 있을 만큼 냄비에 열을 먹여 놓고 재료를 넣으면 열이 떨어지지 않았다. 정확히 말하면 열 손실에 비해 축적된 열이 워낙 컸다. 그 열을 이용해 수분을 날리며 재료에 마이야르 반응, 즉 155도 이상 고온에서 벌어지는 단백질 및 당 산화반응을 불러일으키는 게 포인트였다. 이 사실을 안다고 해서 끝나는 게 아니었다. 커다란 냄비를 확보해야 했고 볶음밥에 들어갈 재료들도 가지런히 정리를 해 놓아야 했다. 또 무엇보다 볶음밥을 할 시간을 만드는 게 첫째였다.

주방은 '내가 직원 식사로 볶음밥을 하니 배려를 해달라'고 말할 수 있는 곳이 아니었다. 또는 '큰 냄비가 필요한데 구해달라'고 말할 수도 없었다. 스스로 알아서 해야 했다. 직원 식사로 볶음밥을 만들고 싶다면 만들면 됐다. 하지만 당연히 손님에게 나갈 준비를 먼저 끝내놔야 했다. 도구를 구하는 것도 스스로의 책임이었다. 볶음밥을 위한 냄비가 필요하다면 미리 구해놔야 했다. 그때가 되어 필요하다고 징징대면 주방 안 모두가 우습게 봤다. 처음에는 잘 몰랐다. 주방에는 모든 게 부족하기 마련이라는 사실을 말이다. 인력도 시간도 주방 기구도 넉넉하게 주어지는 경우가 거의 없다. 남반구에서 제일 큰 카지노라는 크라운 호텔의 레스토랑에서 나는 주방장을 붙잡고 하소연했다.

"소스 담을 통이 필요한데 없다. 어떡하지? 누가 훔쳐갔어!"

억울했다. 분명히 구해놨는데 소스통이 없어진 것이다. 불합리하다고 생각했다. 사무실에서 손을 들면 누군가가 A4 용지를 구해주듯 소스통도 당연히 반드시 있어야 한다고 여겼다. 영국 토박이였던 파란 눈의 존은 나를 어이없는 눈동자로 쳐다봤다. 그러고는 잠시 뒤 나에게 소스통을 던지듯 건네며 말했다.

"돈 퍽킹 루즈 잇Don't fucking lose it!"

잃어버리지 말 것. 필요하다면 반드시 챙겨놓을 것. 주방에서 배운 것은 이외에도 수없이 많다. 악착같이 스스로를 밀어붙일 것. 하나하나 제대로 끝낼 것. 효율적으로 움직일 것. 뒷정리를 깨끗이 할 것. 다시 한 번 시간에 쫓기더라도 일은 반드시 제대로 할 것. 반드시와 제대로가 끝도 없이 달라붙은 말들을 문신 새기듯 몸으로 익혔다. 주방에 들어서면 제일 먼저 기구와 재료부터 챙겼다. 주방에서 흔히 쓰는 말처럼 내가 망하지 않기 위해, 내 몫의 일을 제대로 하기 위해 시간, 재료 때로는 동료들까지 이겨야 했다. 허리에 요통이 생겼다. 양쪽 팔목에 덴 자국이 줄줄이 생겼다. 말이 거칠어졌다. 기계처럼 일하기 시작했다. 그제야 볶음밥 한 그릇에 들어가는 정성을, 그 투쟁을 짐작할 수 있었다.

얼기설기 꿰맨 듯 일정하지 않은 맛,
과카몰레

덴은 야구 모자를 삐딱하게 썼다. 눈이 부리부리했다. 키까지 커서 운동선수 폼이 났다. 그런데 생김새를 보면 어딘지 모르게 동양적인 느낌이 났다. 검은색 눈동자와 하얗기보다는 노란 피부색 때문이었다. 그는 멕시칸 레스토랑의 주방장이었다. 그러나 레스토랑은 몇 달 뒤 오픈이었다. 그전까지 그는 내가 일하던 주방 한편에 자리를 내고 메뉴를 개발했다. 두 레스토랑의 오너가 같은 탓에 가능한 일이었다.

"헤이!"

우리보다 늘 조금 늦게 출근하던 그의 인사는 활기찼다. 그가 불끈 쥔 주먹을 허공에 올리면 으레 답례로 주먹을 내밀었다. 그러면 그는 씩 웃으며 “오늘 어때?”라고 되묻곤 했다. 그 후에는 주방에 가서 재료를 가져다 놓고 한참 생각을 하다 이것저것 만들어보는 것이었다. 손님이 밀어닥쳐 한창 바빠지면 덴은 우리가 일하는 주방으로 뛰어들어 왔다. 어슬렁거리며 생색내는 자세가 아니었다.

“뭘 도와줘야 하지?”

“아, 음, 일단 저것부터 튀겨줄래?”

“예스!”

명색이 주방장인데도 허드렛일을 피하지 않았다. 어떤 일을 주든 깔끔하게 해치웠다. 그가 오면 마음이 놓였다. 일을 가리지 않고 열심히, 똑바로 하니 싫어할 이유가 없었다. 한편 나는 지쳐갔다. 덴과 같이 일하기 시작한 때는 호주 멜버른의 가을, 지구 반대편 한국의 봄이었다.

크리스마스가 끼어 있는 멜버른의 여름은 빠르게 지나갔다. 남반구의 가을도 허전하고 쓸쓸했다. 짧고 얇은 수영복을 입고 해변가를 거닐던 사람들은 차분한 복장으로 갈아입고 책을 보며 카페에 앉아 시간을 보냈다. 손님이 줄어든 주방은 웃음기가 사라졌다.

주방은 인력이 나가고 들어오는 주기가 짧다. 그런데 손님이 적다고 나간 인원을 보충하지 않으니 주방 식구는 점차 줄어들었다. 한 사람이 맡아야 할 일은 더욱 늘어났다.

근무 시간도 비례해 길어졌다. 주방 밑바닥을 막 벗어난 나에게도 일이 쏟아졌다. 한 끼도 먹지 못한 채 온종일 일하다 퇴근하는 날이 잦아졌다. 스트레스 지수가 높아진 주방에서 일을 해나갈수록 몸과 마음이 피로해졌다. 채워지지 못하고 끊임없이 소모되는 것 같았다. 주방에서 홀로 매일 밝게 인사하는 덴을 보면 '아예 종족이 다른가' 하는 생각이 들 정도였다.

그의 인사가 익숙해질 무렵 덴은 큰 돌절구를 꺼내 선반 위에 올려놓았다. 주방 구석에 놓여 있던 돌절구였다.

"뭘 만들려고?"

"과카몰레를 만들 거야."

"과카몰레?"

"과카몰레 몰라? 나초 찍어 먹는 아보카도 디핑 소스! 나초는 알지? 옥수수 과자."

과카몰레를 되묻는 나를 쳐다보는 동료들이 느껴졌다. 덴은 그 와중에 아보카도 디핑 소스라고 부연 설명을 했다. 남미 원산인 과카몰레는 멕시코를 대표하는 세계적인 음식이다. 나초를 찍어 먹어도 좋고 샐러드처럼 과카몰레만 퍼먹어도 된다. 구운 닭고기와도 궁합이 잘 맞는다.

미국에서는 미식축구 결승이 열리는 슈퍼볼 기간에 판매량이 급증한다고 할 정도로 대중적인 음식이다. 나는 이 과카몰레를 몰랐다. 동료들의 시선이 두려웠다. 뭔가 모르는 것이 나올 때마다 그들이 비웃는 것 같았다. 앞에서는 아는 척하고 몰래 화장실에 들어가 휴대폰으로 조리법을 검색해본 적도 많았다. 이때 나의 무지를 숨기지 못했다. 덴은 어이없다는 표정도, 그럴 줄 알았다는 비웃음도 짓지 않았다. 대신 진지한 얼굴로 말했다.

"배우고 싶어? 가르쳐줄게. 진짜 과카몰레 만드는 법을."

덴은 빨간 양파, 라임, 잘 익은 아보카도, 빨간 고추, 토마토, 고수 한 다발을 준비했다.

"이게 있어야 해."

덴은 듬직한 무기라도 되는 듯 돌절구를 쓰다듬으며 말했다. 현대 주방에는 각종 첨단 장치가 난무한다. 4마이크론(1밀리미터의 1,000분의 1) 크기로 재료를 갈아주는 믹서, 마력 단위가 붙는 반죽기, 이틀 내내 돌려도 고장이 나지 않는 첨단 오븐까지 일반 주방에서는 상상도 못할 비싼 기구들을 써서 음식을 만든다. 투박하고 무식하기까지 했던 돌절구는 유난히 튀는 기구였다.

덴은 양파와 고추, 고수를 잘게 다졌다. 잘 익은 토마토는 속을 파낸 뒤 역시 작은 네모 모양으로 자르고는 모든 재료를 돌절구에 집어넣고 빻기 시작했다.

"왜냐하면 말이지, 이래야 세포막이 찢겨서 더 맛이 제대로 나는 거야."

거친 돌절구에 찢긴 양파와 고수에서 맵고 아린 맛이 올라왔다. 그다음 큼직하게 자른 아보카도를 넣고 쿵쿵 소리를 내며 찧기 시작했다. 덴이 과카몰레를 만드는 모습은 믹서에 넣고 갈 때와는 달리 진짜 뭔가를 만들고 있는 것 같았다.

버튼 하나만 누르면 일이 끝나지 않았다. 손을 펴 공이를 들고 내리찧어야 했다. 원초적인 움직임은 주술적이었다. 음악을 듣는 듯했다. 익숙한 주방의 노래였다. 칼로 도마를 두드리고 절구를 찧는, 가슴을 울리는 태초의 소리가 들려왔다. 뜨거운 태양 아래 신에게 제사를 지내던 옛날 잉카 제국의 소리 같기도 했다. 그 소리는 오래가지 않았다. 덴은 찧기를 멈추고 라임즙을 섞고 소금 간을 했다. 그는 전투에서 이긴 장수처럼 의기양양하게 과카몰레를 앞에 내밀었다.

첫맛은 고소했다. 지방 함량이 15퍼센트에 육박하는 아보카도 덕분이다. 자칫 느끼할 수 있는 그 맛을 아린 양파와 신라임즙이 상쇄했다. 토마토는 단맛, 고추는 매운맛으로 포인트를 주니 숟가락으로 퍼먹을 수 있을 것 같았다.

"알겠지? 과카몰레는 이렇게 만드는 거야."

덴은 큰 입을 찢으며 웃었다.

믹서를 써도 돌절구에 빻은 것과 비슷한 맛이 난다. 문제는 질감이다. 과카몰레는 아보카도 덩어리가 느껴져야 한다. 죽처럼 부드러운 게 아니라 입에서 씹히는 맛이 있어야 한다는 뜻이다. 믹서를 쓰면 그 질감을 만들기가 까다롭다. 씹히게 만든다 하더라도 입자 크기가 균일하게 나온다. 재미가 없다. 얼기설기 꿰맨 것처럼 일정하지 않은 입자 크기가 과카몰레의 재미요, 맛이다. 고소하고 기름지며 맵고 시큼한 이 화려한 음식의 맛이 산다. 통제하고 재단하면 시들어버리는 젊음처럼 이래도 좋고 저래도 좋다는 가벼운 마음으로 놀듯이 만들어야 맛이 나는 음식이다.

한국은 주재료가 되는 아보카도와 라임이 귀한 탓에 과카몰레 자체가 드물다. 간혹 발견해 먹으면 시지 않고 짜지 않으며 잘 익지 않아 고소하지도 않은 아보카도를 써 무미건조하기가 일쑤다.

그때마다 덴과 함께 만들었던 그 과카몰레의 화려한 맛과 마지막으로 그와 나눈 대화가 떠오른다. 레스토랑을 옮기던 날, 덴은 큰일이 난 듯 호들갑을 떨며 나를 붙잡고 말했다.

"너희 나라 전쟁 나는 거 아냐? 북한이 미사일 쐈던데?"

"아니. 괜찮아. 매일 있는 일이야."

나는 아무렇지도 않은 듯 미소까지 띠며 답했다. 덴은 아리송하다는 표정으로 나를 바라봤다. 몇 년 전 그날에도 북한은 미사일을 공해상으로 쐈고 호주 현지 방송에서는 내내 생중계를 했다. 주방 졸병이 아닌 한국 남자로서 덴에게 말했다.

"내가 해군을 나왔는데 말이야. 최전방이었다고. 저 앞에 북한군이 보이고. 막 비행기가 날아다니고."

갑자기 영어가 유창해지고 가슴이 펴졌다. 그 큰 덴이 나를 잠시나마 우러러보는 것 같기도 했다. 과카몰레도 모르는 한국인이었다. 내세울 건 좁은 땅덩어리와 매운 고추를 고추장에 찍어 먹는 깡뿐이었다. 그러나 그 의지도 깡도 식어가는 계절처럼 조금씩 사그라져갔다.

그날은 달랐다,
미트볼

몸에서 10킬로그램이 날아갔다. 공동주택 욕실 구석 체중계에 올라갔을 때, 고등학생 때 목격한 숫자가 액정 위에 찍혀 있었다. '뚱뚱하지 않은 요리사를 믿지 마라'는 말이 있지만 그 말을 이해할 수가 없었다. 같이 일하던 존, 데니얼, 마이클 등 다른 호주 요리사들이 빵빵한 배로 좁은 주방을 덤프트럭처럼 누비고 다닐 때 나는 하루하루 말라갔다. 멜버른에서 내가 그리 말랐던 이유는 단 하나였다. 밥을 제대로 먹지 못했기 때문이다.

자정 무렵 퇴근해 집에 도착하면 옷을 집어던지고 바로 눈을 감기 바빴다. 다시 아침, 전날 입었던 옷을 다시 몸에 걸치고 출근을 하면 나와 똑같은 몰골을 한 동료들이 있었다. 먹을 것이 지천에 널려 있는 주방이었지만 정작 먹을 시간은 없었다. 시급한 것과 중요한 것, 두 가지 분류에 따라 정신없이 칼을 놀리고 재료를 나르다 보면 점심이 되었고 총알처럼 날아오는 주문서를 쳐내다 보면 저녁이 되었다. 하루 세 끼를 챙겨 먹는 일은 동화책 속 이야기였다. 하지만 업장에 요리사만 있는 것은 아니다. 웨이터와 관리직 등 식사가 필요한 사람들이 있고, 이 사람들을 위해서라도 일명 스태프 밀이란 직원 식사를 차려야 했다.

시간은 저녁 서비스 전, 이 또한 요리사의 몫이었다. 회사로 치면 성과에는 반영되지 않는 잡무 같은 것이었다. 그래서 이 일은 막내, 혹은 그 윗선에서 처리했다. 대충 할 수는 없었다. 누가 무엇을 만들었는지 모두가 알았다. 더구나 아무도 손대지 않은 자신의 요리를 보고 싶어 하는 요리사는 없다. 하루 중 유일한 식사였다. 모두는 돌아오지 않는 펜팔의 답장을 기다리듯 혹시나 하는 마음으로 맛있는 식사를 기다렸다. 보통은 조리하다 남은 재료를 긁어모은 수준이었다. 그러나 그날은 달랐다.

"오늘은 엘리스가 하는 거야?"

당당한 배를 인품처럼 지니고 있던 주방장 제이크가 큰 소리를 냈다. 덩치는 제이크만 했지만 말수가 적었던 엘리스는 웃기만 했다. 엘리스는 여자였지만 나보다 덩치가 컸고 험한 일을 가리지 않았다. 그녀는 자신의 근무조보다 먼저 출근해 잡일을 처리하고 누구보다 꼼꼼하게 일했다. 그녀가 만들고 있던 것은 미트볼이었다. 햄버거를 만들다 남은 다진 고기를 일일이 손으로 빚고 토마토 소스를 끓였다. 다른 한쪽에서는 따로 파스타를 삶았다. 주방 안 모두의 눈과 코가 반응했다.

미트볼은 의외로 손이 많이 가는 음식이다. 소고기와 돼지고기를 일대일 분량으로 준비하고 우유에 적신 빵과 다진 야채, 달걀, 다진 마늘을 같이 섞는다. 파슬리와 회향fennel 같은 향신료를 넣는 것도 비결이다. 소고기만 쓰면 지방이 적어 식감이 뻑뻑하고 조리 과정에서 쉽게 갈라진다. 돼지고기를 넣으면 풍미가 더해지고 식감도 부드러워진다. 우유에 적신 빵을 넣는 것도 비슷한 이유다. 고기만 쓰면 고급스러울 것 같지만 보통 생각하는 그 미트볼의 맛이 나오지 않는다.

나에게 미트볼은 3분 만에 완성되는 것이었다. 시중에 나온 모든 즉석조리 식품을 맛보던 어린 시절, 마치 특식을 먹듯 미트볼을 사 먹는 날이 있었다. 케첩 베이스의 새콤달콤한 소스에 밥을 비비고 조그만 미트볼은 사탕을 까먹듯 아껴 먹었다.

제대로 된 미트볼이 그렇게 3분 만에 뚝딱 만들어질 리는 없다. 일단 직경이 웬만한 수준을 넘어가면 기술적인 문제가 발생한다. 속까지 제대로 익히면서 부드러운 식감을 유지해야 하며 게다가 겉은 살짝 바삭거려야 한다. 팬에 굴려 가며 익히는 것은 1인분용일 때나 해당하는 이야기, 몇십 인분을 만드는 것은 다른 차원이다. 먼저 미트볼을 튀긴다. 동그란 겉면을 제대로, 완전히 굽는 방법은 튀기는 수밖에 없다. 속까지 익힐 기세로 치킨 튀기듯 하는 것은 아니다. 겉만 살짝, 색깔을 낸다는 느낌으로 튀긴다. 마무리는 소스에서 한다. 고기를 갈아 볶고 양파와 셀러리, 당근, 마늘을 넣은 뒤 레드 와인, 토마토 통조림을 냅다 투하해 부글부글 끓여 볼로네제 소스를 만들고 그 속에 미트볼을 넣어 완성하는 것이다. 소스의 풍미가 미트볼에 베어들고 소스는 또 미트볼의 맛을 흡수해 상부상조하는 격이 된다. 또한 열전도율 높은 액체 소스 속에서 미트볼은 속까지 완전히 익게 된다.

엘리스가 손으로 하나씩 미트볼을 빚고 있을 때 지나가던 이들도 조금씩 손을 보탰다. 명절 때 같이 만두를 빚듯이, '이건 너무 크잖아'라고 웃으며 서로를 타박하기도 했다. 얼마 뒤 우리는 주방 구석구석에 쪼그리고 앉아 플라스틱 통에 미트볼

진득한 토마토 소스와 미트볼을 입에 넣고 우적우적 씹을 때, 우리는 모두 어린애가 된 것 같았다. 작은 선물에 기뻐하고 서로의 얼굴만 봐도 즐거웠던 시절이었다.

을 가득 담고는 숟가락으로 퍼 먹었다. 진득한 토마토 소스와 미트볼을 입에 넣고 우적우적 씹을 때, 모두 어린애가 된 것 같았다. 작은 선물에 기뻐하고 서로의 얼굴만 봐도 즐거웠던 시절이었다. 미트볼을 담았던 큰 트레이는 깨끗이 비워져 윤이 났다. 미트볼을 만든 장본인인 엘리스는 정작 음식에는 손을 대지 않고 남은 일을 했다. 나는 그녀가 우리를 계속 보고 있었다는 것을 알았다. 그녀의 얼굴에 깃든 옅은 미소가 우리를 향해 있었다는 것도 알았다.

이 맛을 기억해,
소금

소금을 한 줌 먹어본 일이 있는가? 순대에 딸려 나오는 꽃소금을 한 방에 털어 넣었다고 하면 감이 오려나, 정확하게는 두 봉지 분량을 한 방에 탁! 하고. 해본 사람으로서 말하자면 절대 하지 말라고 권하고 싶다. 아무리 호기심이 충만해도, 용기가 넘쳐나도, 그것만은 말리고 싶다.

"윽."

고통스러웠다. '짜다'라는 단순하고 냉정한 형용사로는 이루다 표현할 수 없었다. 혓바닥의 세포들이 소금에 절여지는 것 같았다. 더불어 왜 옛날 고문을 할 때 상처에 소금을 부었는지 덤으로 알게 되었다. 나는 왜 그랬을까? 그만큼 악에 받쳐 있었다. 다 소금 때문이었다.

"간을 더 해."

백이면 백, 냄비는 되돌아왔다. 호주 멜버른의 한 호텔, 올해의 셰프로 뽑히기도 했던 영국 런던 출신, 잘생겼던 나의 주방장 존은 반백발의 모리뉴 감독처럼 냉정했고 그의 혀는 그레그 매덕스가 던진 공처럼 예리했다. 그리고 나는 믿음이 부족한 신자였다.

'더?'

차마 입으로 내뱉지는 않았다. 그랬다면 다시는 떠올리기 싫은 하루가 될 테니까. 그러나 의심은 거둬지지 않았다. 도대체 얼마나 더 소금을 넣으란 말인가?

이 내적 갈등은 요리학교 때부터 시작됐다. 소금과 버터는 요리학교에서 가장 많이 쓰는 재료였다. 서양 애들도 눈이 휘둥그레지도록 퍼 쓰던 버터는 그렇다 치더라도, 서양식 '간 맞춤'은 요리학교에서 가장 먼저 마주친 새로움이었다.

"리얼리?"

"예스!"

인심 좋아 보이던 선생님도 간을 볼 때만은 단호했다. 왜냐면 어떤 요리든 마찬가지이지만 특히 서양 요리에서 소금 간은 매우 중요하기 때문이다. 우선 한식처럼 간을 보조할 수 있는 매운맛이나 감칠맛이 흔하지 않다(MSG를 넣으면 소금을 적게 써도 된다). 크림이나 버터 같은 유지류를 많이 쓰기 때문에 웬만큼 간을 해서는 표시도 나지 않는다. 또한 요리의 중심이 되는 소스를 한국처럼 마시지 않기에 염도가 높더라도 괜찮다.

소금의 역할은 짠맛을 가미하는 것으로 그치지 않는다. 소금은 어렵게 말해서 수용액 속의 이온의 힘을 증가시켜, 냄새 분자가 음식으로부터 쉽게 분리될 수 있게 만든다. 쉽게 말하면 소금을 넣으면 향이 더 두드러진다. 게다가 음식의 잡맛과 쓴맛을 없애주고 재료가 가진 맛을 더 두드러지게 한다. 어떤 바리스타들은 그 이유로 커피를 내릴 때 소금을 조금 치기도 한다. 그래서일까, 서양식 소금 치기 요령은 '끝'까지다. 조금이라도 더 넣으면 '짜다'고 느끼기 직전까지 소금 간을 한다. 아슬아슬하게 간을 하면 맛이 쨍하게 살아난다. 포토샵 보정 버튼을 클릭하면 흐릿했던 그림자가 걷히는 것과 같다. 단호박 수프를 끓일 때 단맛을 더하기 위해서 설탕 대신 소금을 넣는 이유다. 스테이크를 구울 때 고기에 소금을 치는 것은 단지 간을 하기 위해서가 아니다. 앞서 말했듯 고기의 잡내를 잡아주고 숨은 맛을 이끌어내기 위해 소금이 필요하다. 무염버터와 가염버터의 차이도 생각해보라. 100그램의 가염버터에 든 소금은 2그램밖에 되지 않는다. 하지만 맛은 천지 차이이다.

이런 사실을 알려면 하룻밤이면 족하다. 어려운 것은 몸으로 느끼는 것이고, 더 어려운 것은 그 맛을 스스로 만드는 것이다. 레스토랑 주방에 갓 발을 내딛은 그때, 나는 존이 만들어놓은 그 맛, 그 염도를 제대로 만들지 못했다.

"어게인."

내가 만든 폴렌타polenta를 앞에 두고 존은 조용하지만 분노가 억눌린 목소리로 "노, 노, 노"를 읊조렸다. 간이 부족했다. 손님이 밀어닥치는 저녁 시간, 다시 냄비를 가져다가 소금을 뿌리고 간을 맞추기엔 너무 급했다. 답안지를 밀려 썼는데 시험 시간이 10분밖에 남지 않은 것 같았다. 매일 계속 같은 음식을 만들어야만 알 수 있는 그 미묘한 차이, 존은 100이 아니라면 95도 만족하지 않았다.

"너무 짜잖아!"

기어코 사달이 났다. 영점을 조절하듯 조심스러워야 했건만, 내 인내심은 바닥이 났다. 한 번에, 그 100점을 맞추겠다는 욕심에 소금을 '조금' 많이 넣었더니 100이 아닌 110이 되었다. 먹을 수 없는 요리가 된 것이다. 존의 고함 소리가 주방을 절반으로 찢어버리는 것 같았다. 존의 욕지거리가 나를 향했다. 시간은 천천히 흘렀고 주문은 인정사정없이 밀려올 뿐이었다. 땀이 흘러들어 눈을 제대로 뜰 수 없었다. 피크 타임의 한복판 어딘가, 문득 정신을 차려보니 내 손아귀에는 소금이 있었다. 갑자기 고3 시절이 떠올랐다. 나는 틀린 시험지를 찢어 먹곤 했다. 그 심정으로, 앙갚음이라도 하듯 소금을 입속에 집어넣었다. 뇌가 흔들리고 혀가 뽑히는 것 같았다. 그날, 내 입에서는 소금기가 사라지지 않았다.

그런 수모를 당한 것은 나만이 아니었다. 주방에서 나가는 모든 음식을 먹어보는 존의 입에 딱 걸리면 욕지거리는 예사요, 심하면 냄비가 날아다닌다. 사흘 뒤 동료 요리사에게 그 날이 찾아왔다. 인도 출신, 그 착한(나를 많이 도와줬다는 뜻이다) 싱의 냄비가 주방 바닥에 나뒹굴고 폴렌타는 주방 바닥에 엎질러졌다. 존은 세상에서 가장 심한 모욕을 들은 것처럼 얼굴이 뻘게져서 식식거렸다. 영국 악센트로 하는 욕은 또 어찌나 귀에 쏙쏙 잘 들어오는지, '발음 참 좋다' 생각할 무렵 부주방장이 냄비를 나에게 들이밀었다.

"네가 해."

밥 한 그릇 더 먹으라는 권유였다면 '괜찮다'고 짐짓 거절했을 텐데, 그것은 아니 되오, 나는 하라면 하고 까라면 까는 주방에 있었다.

"예스."

사흘 전 그날처럼 냄비를 잡았다. 폴렌타에 육수와 우유를 조금 넣고 데워주기만 하면 되는 간단한 조리였다. 그러나 최후의 관문이 있었으니 그것은 사흘 전 나에게 고통을 안겨준 소금 간이었다. 열을 받은 폴렌타가 부글부글 끓었다. 이제 소금 차례, 하얀 소금을 집어 뿌렸다. 조금씩 색칠을 하듯이, 여리디여린 꽃을 쓰다듬듯이. 음, 맛을 보니 약간 부족하다. 조금만 더 살짝. 아, 거의 다 됐다. 97점 정도 됐을까? 슬쩍 옆을 보니 나의 주방장 존이 으스스한 기운을 내뿜으며 서 있었다. 밖에는 배고픈 사람들이 레스토랑에 바글댔고 앞으로 나가야 할 음식이 줄을 서 있었다. 이번이 마지막이란 심정으로 소금을 더했다. 저 옛날 용 그림에 눈을 그려 넣던 화가의 심정이 그랬을까? 폴렌타를 입에 넣었다. 짰다. 그러나 짜지 않았다. 이게 무슨 말이냐는 소리가 들린다. 짜면서도 짜지 않다니. 그 맛에는 긴장감이 있었다. 조금만 건드리면 흐트러질 것 같은 절묘한 균형. 내 입으로 100점이라고 하긴 뭐하니, 한 99점 정도였달까? 딱 이거다 싶었다. 존은 내가 넘긴 폴렌타의 맛을 보더니 고개를 가로가 아니라 세로로 끄덕였다. 그리고 던진 한마디.

"이 맛을 기억해."

존이 한국에 온다면 그 잘생긴 얼굴이 여러 번 구겨졌을 것이다. 그만큼 한국에서 식사를 하다 보면 간이 안 된 음식을 자주 만난다. 특히 양식이 그렇다. 싱겁게 먹는 것이 마치 문화적인 우월감을 드러내는 하나의 도구가 된 것 같다. 음식 평을 할 때도 '짜다'는 말을 전가의 보도처럼 휘두른다. 마트 선반에 가면 짜지 않은 소금이 있고, 간이 되지 않은 파스타가 '짜지 않아 좋다'는 평을 받으며 널리 팔린다. 김치에 소금을 적게 써 김치를 먹고도 식중독에 걸리는 일도 종종 생긴다. 소금을 적게 쓰니 김치가 발효되지 않고 부패한 것이다.

중세시대까지만 거슬러 올라가도 소금은 귀했다. 지금처럼 소금이 남아돌아서 문제가 된 것은 얼마 되지 않는다. 소금이 없으면 사람은 생존할 수 없다. 혈중 나트륨 농도가 너무 낮으면 의식 혼란과 발작까지 일으킬 수 있다. 나트륨은 필수 미네랄 중에서도 가장 중요한 위치에 있다. 무조건 짜게 먹자는 게 아니다. 다른 모든 영양소와 마찬가지로 과도한 나트륨 섭취는 몸에 좋지 않다. 음식의 절대적인 염도가 아니라 전체 섭취량이 문제다. 무엇보다 짜야 할 것이 짜지 않고 오로지 '짜다'와

'싱겁다'로 구분하는 맛 평가의 몰상식함에 짜증이 치밀었을 뿐이다. 하긴 그것이 사람들 잘못이랴. 사회가 모든 잘못을 개개인의 책임으로 몰아세우니 내 한 몸이라도 건강해야 한다는 극단적인 보신주의가 판을 치는 것이다. 사람들은 시시각각 메뚜기 떼처럼 보신 음식의 유행을 타고 여기에서 저기로 바쁘게 넘나든다.

나는 여전히 존이 기억하라고 말하던 그때 그 순간, 그 맛을 잊지 못한다. 입안에 가득히 머금은 그 짠맛이 외줄타기를 하듯 똑바로 균형을 잡았을 때의 그 맛을, 그 희열을. 그래서 나는 사람들에게 말한다.

"저는 짜게 먹습니다."

꿈도 허락되지 않던 밤을 통과하며,
부침개

김치 팬케이크라는 단어를 보고 헛웃음이 나왔다. 말이 꼬부랑 영어지 한글로는 김치 부침개가 아닌가? 내가 웃는 모습을 보고는 앞니가 크고 키가 작았던 부주방장 린던이 멋쩍게 따라 웃었다. 11월 호주의 여름이었다. 멜버른의 세인트 킬다 해변가에는 찢어질 것 같은 근육과 터질 것 같은 가슴을 가진 남녀가 그을린 피부를 드러내고 새파란 하늘과 바다 사이에 머물렀다. 나는 땀에 절어 눅눅해진 조리복을 입고 끓어오르는 조리대 앞에 서서 면접 격인 트라이얼trial을 보고 있었다. 요리사 면접이란 게 별것 없다. 하루 일해 보면 딱 견적이 나온다. 정신이 제대로 박혔는지, 경력을 속이진 않았는지, 무엇보다 같이 일할 만한지, 하루만 같이 보내면 다 알게 된다. 처음 보는 요리사들과 어색한 영어로 어깨를 부딪치며 보내야 하는 하루는 고되었다. 초짜 요리사였던 나에게 익숙한 요리는 드물었다. 종이 위에 적힌 김치 팬케이크는 당첨된 복권 같았다.

"제일 좋아하는 요리야. 우리 엄마 김치 팬케이크가 제일 맛있지."

마치 김치 팬케이크 최고 전문가가 된 것처럼 어깨를 으쓱했다. 김치의 위상은 세계적이다. 아시안 이민지가 많은 호주에서는 더욱 그렇다. 호주의 미슐랭 스타인 '모자hat'를 한 개 받은 그 레스토랑에서도 김치를 직접 담갔다. 김치 부침개가 메뉴로 있는 것은 당연한 수순. 다른 요리사들의 눈빛은 '본토' 김치 부침개 권위자의 의견을 들으려는 것처럼 순해졌다.

나는 '기름 두른 팬에 부친 밀가루 반죽'에 환장한다. 어렸을 때부터 프라이팬 가득 부친 부침개를 세 장 정도 먹지 않으면 성이 차지 않았다. 어머니가 만든 부침개에 들어가는 재료는 밀가루, 파, 양파, 호박, 돼지고기 조금, 가끔 오징어, 땡고추라고 부르는 매운 고추가 전부였다. 김치 부침개는 드문드문 출현했다. 조리 도구는 쉽게 밑이 긁히고 쓰다 보면 열 때문에 바닥이 휘고 마는 프라이팬과 가정용 가스버너였다. 그런데도 부침개의 맛은 남달랐다. 가장자리는 바삭하면서도 안쪽은 부드럽고 양파 덕에 달달하면서도 고추의 매콤한 맛이 혀를 쏘는 부침개 앞에 나는 식욕이 동한 작은 짐승이었다. 그 맛을 떠올리자 호주의 뜨거운 주방에서도 침이 돌았다. 한편으로는 '서양인은 어떻게 김치 부침개를 할까?' 하는 호기심이 생겼다.

"어떻게 만드는지 좀 볼래?"

머리가 드문드문 세었던 린던이 조그만 팬을 잡으며 물었다. 예의 차린 질문에 시원스럽게 "예스"라고 답했다. 린던은 작은 주물 팬을 충분히 달군 다음 작은 정육면체로 자른 베이컨을 올리고 그 조그만 것들이 갈색으로 변할 때쯤 준비한 부침개 반죽을 부었다. 소나기 내리는 듯한 익숙한 소리가 들렸다. 린던은 그 김치부침개를 팬째 오븐에 넣었다. 오븐의 복사열로 속까지 두루, 빨리 익게 하기 위해서였다. 5분쯤 지났을 무렵 오븐에서 팬을 꺼내 한 번 뒤집어 반대편을 노릇하게 익히면 끝이었다. 손님에게는 갖가지 동남아 향신료와 당근으로 만든 소스를 부침개 밑에 깔고 껍질이 연한 게를 튀겨 그 위에 올린 뒤 망고, 파파야 등으로 만든 샐러드를 같이 냈다. 내 몫은 따로 작게 부친 부침개였다.

"맛이 어때?"라고 묻는 린던에게 엄지를 세워 올렸다. 한국에서 먹던 것과 거의 비슷했다. 하지만 신경을 써서 맛의 양감과 질감을 분석하니 서양 요리사가 만든 부침개는 어머니의 그것과 분명 차이가 있었다. 가볍게 바삭거리는 표면, 이에 엉기지 않고 풀어지는 부드러운 식감, 따로 익힌 베이컨의 훈연향과 잘게 썬 김치의 산미는 종합적이면서도 개별적인 맛을 냈다. 프로의 맛이었다. 그 차이의 정체는 손때가 묻어 더럽고 구깃구깃한 레시피 파일을 봤을 때 분명해졌다. 김치 부침개 레시피에는 한국으로 치면 중력분인 다용도 밀가루 300그램, 쌀가루 150그램, 베이킹파우더 20그램, 차가운 물 750밀리그램, 거품을 낸 달걀흰자 두 개 분량을 넣으라고 적혀 있었다. 김치와 콘 샐러드, 쪽파는 '적당히'였다.

레시피의 문구 하나하나에는 다 이유가 있었다. 중력분을 쓰는 이유는 밀가루의 글루텐 성분 때문이다. 글루텐은 단백질의 일종으로 빵을 만드는 강력분에는 보통 13퍼센트, 중력분에는 10퍼센트 정도가 들어 있다. 글루텐이 많은 밀가루로 만든 반죽과 빵은 점성과 탄성이 강해 무겁게 쫀득거린다. 바삭하고 가벼운 식감을 원한다면 글루텐 함량이 적은 밀가루, 중력분을 써야 한다. 쌀가루도 그런 맥락이다. 쌀가루에는 아예 글루텐이 없다. 쌀가루만 쓰면 반죽의 형태 자체가 잡히지 않는다. 베이킹파우더는 물과 반응해 이산화탄소를 만들고 열을 받으면 이산화탄소는 팽창한다. 반죽이 부풀어 오르고 그럴수록 질감이 가벼워진다. 거품 낸 달걀흰자도 가벼운 조직감을 만든다. 이렇게 만든 반죽은 반나절을 넘기지 않는 것이 좋다. 오래 놔두면 활성화된 글루텐이 물 분자를 꽉 잡게 되어 바삭한 식감은 안녕이다. 많이 섞어서도 안 된다. 글루텐이 살아나서다. 반죽의 과학이다.

프로가 일하는 주방의 레시피는 요소 하나하나를 과학적인 방법론으로 검증하여 만들어진다. 추론적인 연역법과 경험적인 귀납법의 세계다. 19세기 후반 프랑스 요리를 넘어 현대 요리의 근간을 만든 요리사 에스코피에가 이룩한 철저한 통제와 체계라는 틀이 이룩한 접근법이다. 덕분에 요리는 손맛이라는 개인의 감을 넘어 학습될 수 있는 기술이 되고 손님은 늘 동일한 질의 '상품'을 맛볼 수 있다. 나는 그 체계 속, 싸구려가 아니라 인치별로, 용도별로 나눈 주물 프라이팬과 300도 이상 되는 열을 뿜는 가스오븐, 1도 단위로 조절할 수 있는 전기오븐 틈에 있었다. '본토' 김치 부침개 권위자의 의견 따위는 필요 없었다. 아시아계 말단 요리사에게 필요한 것은 말귀를 잘 알아먹는 머리와 하루 열다섯 시간이 넘는 노동에도 끄떡없는 신체, 싼 임금을 불평하지 않는 마음가짐이 전부였다. 나는 그 날의 면접에 합격했다. 그 이후 매일 비슷한 하루를 보냈으며 피로에 찌들어 꿈도 허락하지 않는 밤을 통과했다. 낮이 되면 아무리 주문이 밀려도 빠른 속도로, 같은 맛의 부침개를 만들며 직업에 긍지를 느꼈다.

칼에 베이고 불에 덴 흉터는 긍지의 훈장이었다. 그 흉터의 원인을 기억할 수 없을 무렵에 한국에 돌아왔다. 빠르게 걷고 굳은 인상의 사람들이 불편했다. 공기의 냄새가 어색해 크게 웃지 못하는 나에게 어머니가 처음 해준 음식은 부침개였다. 어깨가 조금 더 굽고 머리가 조금 더 하얘진 어머니는 좁은 주방에서 날이 무딘 칼로 채소를 썰었다. 낮은 화력의 가스 불과 오래된 프라이팬으로 부침개를 부쳐 요리사가 된 아들에게 내밀었다. 나는 그 체계 없고, 레시피도 없는 부침개를 먹었다. 어머니는 나직한 목소리로 "맛은 있니?"라고 물었다. 구분하지 않고, 계산하지 않는 무조건적인 편애로 이룩한 부침개 한 장에 눈앞이 해무가 낀 듯 뿌예졌다. 이름 없는 아시아 노동자에서 아들로 돌아온 나는 말없이 입에 부침개를 욱여넣었다.

어머니는 나직한 목소리로
“맛은 있니?”라고 물었다.
구분하지 않고, 계산하지 않는
무조건적인 편애로 이룩한 부침개 한 장에
눈앞이 해무가 낀 듯 뿌예졌다.

일류와 일등의 차이,
음식

차이코프스키 바이올린 협주곡의 힘찬 카덴차cadenza가 흘러나온다. 음악을 언어의 하나이자, 어떤 감정을 표현하는 수단으로 본 낭만주의 사조에 충실하게 멜로디는 논리가 아니라 급변하는 충동에 따라 흐른다. 템포는 사랑에 빠진 연인처럼 고저를 오고 간다. 흐름이 절정에 이르는 순간 스시 한 점이 접시 위에 올라간다. 푸르게 벼린 칼날에 베인 생선의 단면은 별빛처럼 반짝이고 그 위에 바른 간장은 오래 전 산수화의 음영처럼 은은히 빛난다. 그 스시를 바라보는 노인은 보일 듯 말 듯한 미소를 짓는다. 다큐멘터리 《스시 장인: 지로의 꿈(2011)》의 한 장면이다. 다큐멘터리 내내 배경음악으로 쓰이는 차이코프스

키 바이올린 협주곡은 스시를 내놓는 리듬감이 마치 협주곡의 카덴차만큼이나 다이내믹하다는 것을 드러내기 위한 장치다. 스시가 단지 밥 위에 생선을 올린 단순한 음식이 아니라 만드는 이의 의도와 철학이 담긴 어떤 예술에 가깝다는 웅변이기도 하다. 엄격한 아버지였다는 지로는 그 음악을 배경으로 은근한 자부심을 드러내며 본인이 스시를 만들어온 과거를 설명한다.

"스시 위에 간장을 발라서 내놓는 것도 내가 처음 한 것이었지. 그러고 나니 다른 스시집에서 따라 하기 시작했어."

일본뿐만 아니라 한국에서도 고급 스시집에 가면 손님이 스시에 간장을 찍어 먹는 것이 아니라 요리사가 직접 스시 위에 간장을 발라준다. 손님이 스시를 간장에 찍을 때 밥이 떨어져 나가거나 간이 강하게 되는 것을 방지할 수 있어 편하다. 무엇보다 모든 손님이 요리사가 의도한 맛을 즐길 수 있다. 지금은 손쉬운 발상으로 보이지만 당시에는 콜럼버스의 달걀처럼 획기적인 시도였다고 한다. 이런 끝없는 도전과 연구는 긴자 지하철역 지하, 화장실도 바깥에 있는 열 석가량의 작은 스시집이 미슐랭 3스타를 받을 수 있게 한 원동력이었다. 미슐랭 3스타란 그 레스토랑에 가기 위해 그 나라로 여행을 갈 만한 가치가 있다는 뜻이다. 이제 아흔이 넘은 지로의 스시집, '스키야바시 지로'에 가기 위해서는 최소한 3개월 전에 예약해야 한다. 이 3개월이란 수치도 대략적인 것이고 일본의 인맥, 일류 호텔의 컨시어지 등을 통하지 않고서는 쉽게 예약할 수 없다. 힘들게 예약을 하고서도 식사 시간은 채 30분이 되지 않는다. 전채 요리 등이 아예 없고 스시가 10점에서 12점 나오는 게 전부다. 식대는 시가에 따라 다르지만 최소 3만 엔, 원화로 대략 30만 원부터 시작한다. 두 명이 식사를 하고 사케 등을 시킨다면 최소 100만 원이 나온다는 이야기다. 그럼에도 전 세계에서 스키야바시 지로에 가기 위해 예약 문의가 쇄도하는 이유는 무엇일까? 다큐멘터리의 초입에 지로는 이렇게 말한다.

"맛이란 무엇일까? 맛은 설명하기 어려워. 나는 꿈에서 아이디어가 떠올라. 생각들이 터져 나와서 한밤중에 잠에서 깨곤 해. 꿈에서 나는 스시의 환영을 보지."

요리하는 꿈을 꾸던 시절이 있었다. 아침부터 자정까지 주방에 서 있다 아무도 없는 방에 홀로 들어오면 잠을 잘 수 없었다. 주방의 열기가 몸에 남아 채 식지 않았고 곤두선 신경은 가라앉지 않았다. 내가 한 실수, 그 덕에 들어야 했던 수모와 욕설, 어찌할 수 없는 자괴감, 음식이 나가는 빠른 템포, 뜨거운 팬을 붙잡고 악다구니를 쓰던 순간이 사라지지 않고 마치 몸에 새겨진 듯했다. 시간이 흘러 늦은 밤 잠이 들면 나는 또 주방에 서 있었다. 실수를 반복하는 내가 보였다. 나를 보고 비웃는 동료가 보였다. 꿈에서도 피가 거꾸로 솟았다.

눈을 뜨면 또 주방에 서 있었다. 헝클어진 머리, 충혈된 눈을 한 동료들이 피곤에 찌든 얼굴로 건조하게 인사를 했다. 몸이 지치면 마음도 지치는 법이다. 악순환이다. 지친 정신에 몸은 나약해진다. 나의 몸은 아프기를 고대하는 것만 같았다. 그러면 조금 쉴 수 있으려니, 나는 나약한 것이 아니라 몸이 아픈 것이라고 변명할 수 있을 테니까. 실제로 몸이 아팠다. 오래 서 있으니 자연히 허리가 아팠고 신경을 계속 쓰니 장이 뒤를 따랐다. 1년에 한 번, 한 해를 마무리하는 갈라 디너 날, 온몸에서 미열이 났다. 준비하는 데 꼬박 일주일이 걸린 디너였다. 간단히 설명하자면 고급 레스토랑의 요리는 주문이 들어오는 순간 만드는 것이 아니다. 짬뽕을 만들듯 볶아내면 끝이 아니기 때문이다. 육수를 우리는 것부터 시작, 재료에 따라 준비하는 데 며칠이 걸리는 것들이 수두룩하다. 코스 중 한 접시를 만들기 위해 투입되는 노동력은 어마어마하다. 접시 하나는 요리 하나가 아니다. 주요리에 부요리 몇 개가 올라가게 된다. 이런 상황이니 요리사는 절대적으로 쉴 수가 없다. 그중 하나였던 나는 몸이 아팠지만 한편으로는 기뻤다. 나는 불쌍한 요리사다. 나는 혹사당해서 그런 것이다. 모두 나를 불쌍히 여겨라. 아침부터 인상을 잔뜩 쓰고 있는 나를 보고 몇몇이 걱정의 말을 던졌다. 나는 괜찮다고 답을 하면서도 아프다고 부연 설명을 했다. 그래도 나는 주방에 서 있었다. 이윽고 대망의 디너가 시작되기 30분 전이 됐다. 주방장이었던 애시가 말을 걸었다.

"너 어디 아프지?"

"어."

"생애 최고의 날에 아프단 말이야? 말도 안 돼."

투명한 파란 눈에 꼬불거리는 금발이었던 애시는 쏘아붙이듯 말했다. 그에게 아프다는 것은 도저히 용납될 수 없는 사고였다. 무엇보다 일주일을 준비해 손님들을 대접하는 갈라 디너 날, 아프다는 것은 가능할 수 없었다. 레스토랑이 가진 최고의 재료를 엄선해 모든 요리사가 달라붙어 준비한 이 날은 애시에게 생애 최고의 날이었다. 그 말을 듣고 잠시 멍해졌다. 처음에는 서러웠다. 나는 아픈 몸이었다. 위로를 받아 마땅한데 핀잔 아닌 핀잔을 들었다. 전혀 사정을 봐주지 않는 애시가 미웠다. 그러나 알았다. 그 미움은 부끄러움을 감추기 위한 것이었다. 다시 허리를 곧추세웠다. 시간은 빠르게 흘렀다. 애시의 구령에 따라 음식들은 접시 위에 올라갔다. 수십 가지가 되는 요리들이 모두 똑같은 맛과 모양을 가지고 손님 앞에 나갔다. 빠르게 흐르는 시간 속 순간순간은 느리게 느껴졌다. 불이 이글거리는 틈 사이로 손을 넣었다 뺄 수 있을 것만 같은 초현실적인 느낌이었다. 풀어졌던 신경이 예민해지고 나의 몸은 잘 준비된 도구가 되었다. 얼굴에 흐른 땀이 말라 짠 소금이 되었을 때 모든 요리가 나갔다. 끝이었다. 애시가 다시 나에게 물었다.

"아프다고 했지? 빨리 집에 가. 수고했어."

"아니야. 괜찮아. 이제 안 아파."

나의 답에 그는 비웃음도 미소도 아닌 오묘한 웃음을 지었다. 그리고 대청소가 시작됐다. 웃으며 성공적인 마무리를 축하하던 동료들은 빗자루와 대걸레를 들고 주방 곳곳을 쓸고 닦았다. 어디든 마찬가지지만 택배를 받거나 쓰레기를 버리는 등, 일터에서 멀리 나가야 하는 일은 누구나 하기 꺼려한다. 주방에서 나온 어마어마한 양의 쓰레기를 건물 공용 쓰레기장에 갖다 놓는 일도 그랬다. 같이 일하던 백인 요리사들은 그 일을 거의 하지 않았다. 그러다 보면 늘 나나 다른 외국인 요리사가 그 일을 하기 마련이었다. 그날 나는 쓰레기통을 찾을 수 없었다. 건물 뒤편으로 나가 쓰레기통의 행적을 살폈을 때 나는 애시의 뒷모습을 봤다. 주방장인 애시는 쓰레기통을 밀며 뛰고 있었다. 아무도 보지 않고 아무도 시키지 않았지만 그는 어떻게든 일을 빨리 끝내려 뛰고 있었다.

일류와 일등의 차이는 간단하다. 일등은 이등이 필요하다. 이등을 밟고 올라가야 일등이 된다. 남과 비교하고 우열을 가린다. 비교할 수 있는 남이 없으면 일등도 없다. 그러나 일류는 이류가 필요 없다. 일류에게는 남의 시선도 필요 없다. 그는 길을 만드는 사람이다. 남이 보지 않는 곳에서 자신의 길을 간다. 아무도 가지 않은 길이라도, 그 길이 더럽고 힘들지라도 그곳을 간다. 그는 일등이란 순위를 얻는 것이 아니라 일류一流, 즉 사조를 만든다. 그리고 그들은 뒷모습이 아름답다. 깊은 밤, 어두운 지하에서도 빛나던 그의 등을 나는 아직도 생생히 기억한다. 그 모습은 부끄러움으로 나를 뜨겁게 달궈 오래 잠들 수 없었다.

작은 것을 지키며 살아간 이들, 달걀프라이

큰 이모부는 한량이었다. 시장에서 건어물을 팔던 큰 이모는 한량 같은 큰 이모부 뒷바라지를 했다. 나는 큰 이모부가 어떤 일을 하며 돈을 버는지 몰랐고 아직도 모른다. 누구에게도 물어본 적이 없다. 그저 한 번씩 큰 이모부를 보면 늘 한복 바지를 입고 불쾌한 얼굴이었던 것만 기억난다. 키는 작았고 얼굴에는 주름이 많은 평범한 노인이었다. 아버지는 이상하게 그런 큰 이모부를 따랐다.

"그만한 호인이 없어."

아버지는 혼잣말로 몇 번이고 '호인'을 나직이 말했다. 내가 보기에 아버지가 큰 이모부를 따랐던 것은, 첫째로 전혀 잔소리를 하지 않았고 둘째로 야심이 전혀 없어 무해했으며 셋째로 술을 좋아하는데 주사가 전혀 없었다. 아버지가 큰 이모부를 만나면 둘만의 술판이 벌어지는 게 순서였다. 언젠가 명절 때 아버지가 술을 마시며 물었다.

"요즘은 무슨 안주를 드세요?"

그때 들은 답은 이랬다.

"겨란(계란이 아닌 겨란)후라이만 먹어. 그게 제일 나아."

옆에서 듣던 나도 어이가 없었다. 아버지가 다시 물었다.

"그걸로 안주가 돼요?"

"그럼! 얼마나 좋은데!"

"하긴 겨란후라이가 몸에도 좋고 간단하고 좋죠."

"그런데 너무 먹으니까 입에서 닭똥 냄새가 나."

닭똥이란 말에, 그때 갓 스무 살 된 나도 아버지도 같이 웃어 버렸다. 큰 이모부 스스로도 웃긴지 허허거리며 막걸리를 들이켰다. 서울 사투리로 '겨란'이라고 부르던 닭 알, 그 달걀을 무던히도 먹었다. 돈이 없던 대학 시절에는 달걀 푼 기숙사 라면으로 끼니를 자주 때웠다. 한참 입사 원서를 쓰던 할일 없는 대학교 4학년 때는 홀로 된장찌개에 달걀프라이를 먹었다. 달걀프라이도 파고들면 단순하지 않다. 나라마다 문화권마다 그리고 사람마다 취향이 다르고 방법이 다르다. 영국은 미국에서 서니사이드 업sunny-side up이라고 부르는 방식이 기본이다. 달걀을 뒤집지 않고 한 면만 구워 마치 해가 뜬 것 같은 모양으로 보여 그리 부른다. 격 있는 레스토랑에서 달걀프라이를 할 때는 팬에 달걀을 바로 깨어 올리지 않는다. 반드시 작은 그릇에 달걀을 깨어 담아 놓아야 한다. 쪼개진 달걀 껍데기가 팬에 혹시라도 들어가는 것을 막기 위해서다. 어떤 기름을 쓰는지도 논쟁 대상이다. 영국에서는 전통적으로 베이컨 기름을 쓴다. 영국식 아침식사에 필수적으로 따라오는 베이컨을 굽고 나면 기름이 흥건해진다. 돼지고기를 염장해 숙성시키면 감칠맛을 일으키는 글루탐산이 많아지는데, 이 감칠맛을 이용해 달걀프라이를 하는 것이다. 프랑스 쪽으로 가면 당연히 버터를 쓴다. 미슐랭 3스타에 빛나는 미셸 루는 달걀 요리만 모아놓은 본인의 책에서 "버터를 살짝 팬에 코팅하듯이 바른다"며 "기름이 흥건한 것은 보기에도, 건강에도 안 좋다"고 말한다. 팬의 온도도 문제다. 팬이 뜨거울 때 달걀을 팬에 올리고 앞뒤로 30초씩만 구워야 한다는 쪽(마리오 바탈리), 팬이 차가울 때 달걀을 올려 구워야 한다는 쪽(제이미 올리버)이 나뉜다. 또 어떤 요리사는 팬을 뜨겁게 달궈 달걀을 올려 갈색으로 튀겨진 맛을 이끌어낸다고도 한다.

"살짝 물을 뿌리면 돼."

영국 시골에서 방을 빌려 살던 때, 집주인이었던 이탈리아 남자는 달걀프라이를 할 때 살짝 달걀을 익힌 뒤 팬에 물을 넣고 뚜껑을 덮어 겉을 익혔다. 일본식 교자를 구울 때 쓰는 기법이었다. 신기해하는 나를 보며 "이런 건 요리학교에서 안 가르쳐줘?"라고 놀리는 투로 나에게 물었다. 이 방법은 미국의 마사 스튜어트가 쓰는 방식이다. 또 다른 쪽에서는 팬에 뚜껑만 덮으면 된다고 말하기도 한다. 간은 보통 후추와 소금으로 하지만 때에 따라 파슬리 같은 허브나 칠리 파우더를 뿌려 맛을 추가한다. 트뤼플을 갈아 올리는 것도 달걀프라이의 격과 값을 올리는 방법이다. 트뤼플같이 향이 강한 고급 재료일수록 식빵이나 달걀프라이 같은 간단한 음식과 잘 어울린다. 더 디테일을 살리자면 소금은 흰자 부분에, 후추는 노른자 부분에, 내기 직전 뿌려야 한다. 소금이 열에 녹아 노른자를 뿌옇게 만들 수 있기 때문이다. 뭐 이렇게까지 하지 않아도 사는 데 큰 지장은 없다.

살면서 가장 달걀프라이를 많이 하던 때는 호텔 조식 뷔페에 나가던 짧은 몇 주였다. 호텔에 딸린 레스토랑이라 조식도 챙겨야 했고 그쪽 인원이 부족하면 나 같은 막내급이 도우러 나갔다. 새벽 네 시에 출근해서 빵과 과일을 차곡차곡 채워 넣으면 준비가 끝나는 간단한 일이었다. 수란이나 스패니시 오믈렛도 전날 준비를 다 마쳐놨다. 그나마 '라이브' 요리라고 부를 수 있는 것은 달걀프라이가 유일했다.

"캔 아이 해브 서니사이드 업Can I have sunny-side up?"

그깟 달걀프라이지만 손님들도 부탁을 할 때는 거의 모두 매우 정중했다. 그러면 나는 마치 궁중요리사라도 된 것처럼 "예스, 맴ma'am"이라고 자못 엄숙하게 답을 했다. 그러면서 팬에 올리브유를 훌훌 풀고 달걀을 올렸다. 사람들은 진지하게 그 모습을 지켜봤다. 고맙다는 말을 하며 손님이 달걀프라이를 받아갈 때면 '내가 요리사구나' 하는 자각이 찾아왔다. 그래봤자 달걀프라이일 뿐이지만.

남이 아니라 내가 먹을 달걀프라이를 할 때는 주로 차가운 팬에 올리브 오일을 두르고 달걀을 올린 뒤 센 불로 익힌다. 밑 부분이 과자처럼 바삭해질 때까지 익혀버리는데 그러면 고소한 맛과 바삭한 식감을 동시에 얻을 수 있다. 물론 소금과 후추는 넉넉히 뿌린다. 달걀프라이에 소금을 뿌리지 않아서 미친 듯이 혼났던 옛 기억이 깊숙이 자리 잡고 있기 때문이다. 그 시절 몸으로 혹독히 배웠던 것들은 쉽게 잊히지 않는다. 달걀프라이 하나를 할 때도 마찬가지다. 달걀을 꺼내놓고 버터나 올리브 오일도 한편에 준비를 한다. 그릇은 전자레인지에 데운다. 팬 위에 손을 올려 온도를 체크한다. 일련의 과정이 맞아떨어질 때, 바람이 불고 시간이 흐르듯 자연스러울 때 작은 기쁨이 찾아든다.

돈을 받으며 요리를 하던 것은 호주로 끝이 났다. 한국으로 돌아와 글을 쓰고 방송을 했다. 그만뒀던 회사에 재입사를 했다. 지금 더 이상 직업으로 요리를 하지 않는다. 대신 아침이면 사무실에 앉아 집에서 싸간 삶은 달걀을 먹는다. 7분 30초 정도 삶아 노른자 가운데 부분이 살짝 수분을 머금게 만든 것이 과거의 흔적이라면 흔적이다. 삶은 달걀을 우적우적 씹어 먹을 때 그 싸고 흔한 것이 가진 맛과 영양을 생각한다. 흔하여 자주 값어치를 낮게 평가받지만 그보다 나은 것이 드물다. 나의 삶은 알차고 많은 이에게 도움이 되는 삶인지. 혹시 그저 값만 비싸고 장식적인 삶은 아닌지, 또 아니었는지. 불 앞에 서서 칼을 들고 살던 시간을 떠올리고 생각할수록 마음이 복잡해진다. 주방의 열기에 몸이 달아올라 잠을 잘 수 없던 시절이 있었다. 몸에 남은 칼자국이 자랑스러웠던 날도 있었다. 이제 고개를 들면 불꽃이 아니라 창 너머 하늘이 보인다. 파랗게 물든 배경에 구름만 천천히 흐른다. 그처럼 흔하고 작은 것을 지키며 살아간 이들을 기억한다. 지금은 없는 큰 이모부, 더 이상 술을 마시지 않는 아버지, 그들이 달걀프라이 하나로 술잔을 기울였던 시간. 나도 그들처럼 나쁜 소리 하나 없이 그저 웃을 수 있는지, 뒤돌아서면 깨끗이 잊어버릴 수 있는 허허로운 사람인지, 달걀처럼 깨지기 쉬운 평범한 일상을 감사히 여길 수 있는 사람인지. 나는 아직 답을 모른다.

기억나지 않는 것들이 있다

에필로그

기억나지 않는 이름들이 있다. 북해에 뜬 얼음처럼 파랗고 차가운 눈길로 나를 노려보던 이들이 있었다. 그들은 에둘러 가지 않는 정확한 말로 가슴을 후벼팠다. 대꾸도 하지 못했다. 똑바로 쳐다보지도 못했다. 그들의 시선과 말을 그대로 받아들여야 했다. 뒷모습만 봐도 심장이 두근거렸다. 호흡이 가빠졌다. 아무리 바쁘고 힘이 들어도 말과 시선이 누그러들지 않았다. 매일 밤 침대에 누워 시간을 복기했다. 그들을 미워하고 싶었지만 그럴 수 없었다. 말과 행동 중 어느 것도 틀린 게 없었다.

따라가지 못하고 알아듣지 못한 것은 나였다. 학교가 아닌 주방이었다. 내가 만든 음식에 돈을 받는 곳이었다. 열이 나든 배가 아프든 아무리 슬픈 일이 있든 음식은 제대로 나가야 했다. 그들은 나보다 더 바쁘고 힘들게 일했다. 제일 보탬이 되지 않는 것은 나였다. 서 있는 법, 걸어 다니는 법, 생각하는 법까지 전부 새로 배웠다. 그들의 말을 계시처럼 받아들였다. 그들의 이름을 평생 잊지 않을 것 같았다. 그러나 지금 기억나지 않는 이름들이 있다.

기억나지 않는 요리들이 있다. 만드는 데 일주일이 넘게 걸리는 메뉴가 있었다. 한 번 볶고 끓여서는 끝나지 않았다. 요리를 요소별로 분해해서 따로 조리했다. 육수를 우리는 데 사흘이, 고기를 절이는 데 또 그만큼의 시간이 걸렸다. 요리사들의 땀과 피를 부어 넣었다. 밀리미터 단위로 재료를 잘랐다. 초시계를 맞춰놓고 움직였다. 로켓을 쏘아 올리는 것처럼 정확한 타이밍에 각 요소가 조리되어 접시 위에 올라왔다. 개인기도 즉흥의 창조성도 없었다. 대신 근육을 단련하듯 매일 같은 것을 반복했다. 조금씩 빨라지고 정확해졌다. 레시피를 외웠다. 맛의 정도, 간의 차이를 숫자로 설명할 수 있었다. 감각이 예민해졌다. 그 요리가 가져야 하는 맛의 그림이 어렴풋이 그려졌다. 맛이란 단맛, 신맛, 짠맛이 전부가 아니었다. 온도, 질감, 볼륨 등으로 이뤄진 공감각적인 실체였다. 요리의 과정, 요리가 이뤄야 하는 목표를 몸에 새겼다. 요리들이 내 몸과 같이 느껴졌다. 그러나 지금 기억나지 않는 요리들이 있다.

끝까지 남아 가슴 한구석을 아리게 하는 것은 뜨겁던 시간이 지나고 난 뒤였다. 이마에 흐른 땀을 닦았다. 실없는 농담을 한마디 던지며 차가운 맥주를 나눠마셨다. 마른 몸이 적셔졌다. 몇 마디 말들이 오고 갔다. 요리를 사랑한다. 포기하지 마라. 좋은 날이었다. 잘했다. 악수를 했다. 나와 똑같이 뜨거운 피가 흐르는 손아귀의 힘이 느껴졌다. 그들과 헤어지고 홀로 남으면 익숙한 음식을 먹었다. 혼자 김밥을 말았다. 와인병으로 밀가루 반죽을 밀어 칼국수를 했다. 이민 온 늙은 주방장이 볶은 짬뽕을 시켰다. 아프면 라면을 끓였다. 봉지를 뜯고 끓는 물에 라면을 넣을 때 한없는 무력감을 느꼈다. 끊어낼 수 없는 덫에 걸린 것 같았다. 몸은 기분과 반대로 움직였다. 익숙한 맛이 입에 돌고 뜨거운 국물이 위장에 차면 그제야 조금 살 만했다.

영원할 것 같던 흉터들도 조금씩 희미해져 간다. 앞에 서기 두려울 정도로 뜨겁게 타오르던 불꽃은 사그라들고 도마를 잘라버릴 듯 날카롭던 칼날은 무뎌졌다. 시간은 밀려나고 사람은 잊힌다. 하지만 사라지지 않는다. 그리고 그 모두가 지나가고 남는 것은 고마움뿐이다. 미움도 슬픔도 없다. 여기까지 나를 오게 하고, 지금까지 나를 이끌어준 모든 것에 감사하다.

1판 1쇄 발행 2019년 7월 11일
1판 2쇄 발행 2019년 8월 19일

지은이 정동현
발행처 (주)수오서재
발행인 황은희, 장건태
책임편집 마선영
편집 최민화
디자인 즐거운생활
마케팅 장건태, 이종문, 황혜란
제작 제이오
주소 경기도 파주시 돌곶이길 170-2 (10883)
등록 2018년 10월 4일(제406-2018-000114호)
전화 031)955-9790
팩스 031)946-9796
전자우편 info@suobooks.com
홈페이지 www.suobooks.com
ISBN 979-11-965885-4-0 03810 책값은 뒤표지에 있습니다.

이 도서의 국립중앙도서관 출판시도서목록(CIP)은 서지정보유통지원시스템
홈페이지(http://seoji.nl.go.kr)와 국가자료공동목록시스템(http://www.nl.go.kr/kolisnet)에서
이용하실 수 있습니다.(CIP제어번호: CIP2019024578)

도서출판 수오서재守吾書齋는 내 마음의 중심을 지키는 책을 펴냅니다.